香港兒童文學名家精選 阿濃

漢堡包和叉燒包

新雅文化事業有限公司
www.sunya.com.hk

香港兒童文學名家精選

漢堡包和叉燒包

作　　者：阿濃

插　　畫：野人

策劃編輯：甄艷慈

責任編輯：甄艷慈　曹文姬

美術設計：李成宇

出　　版：新雅文化事業有限公司

　　　　　香港英皇道499號北角工業大廈18樓

　　　　　電話：（852）2138 7998

　　　　　傳真：（852）2597 4003

　　　　　網址：http://www.sunya.com.hk

　　　　　電郵：marketing@sunya.com.hk

發　　行：香港聯合書刊物流有限公司

　　　　　香港荃灣德士古道220-248號荃灣工業中心16樓

　　　　　電話：（852）2150 2100　傳真：（852）2407 3062

　　　　　電郵：info@suplogistics.com.hk

印　　刷：中華商務彩色印刷有限公司

　　　　　香港新界大埔汀麗路36號

版　　次：二〇一二年七月初版

　　　　　二〇二二年一月第七次印刷

ISBN: 978-962-08-5652-5

目録

出版緣起 *6*

叢書總序：

　在孩子心裏埋下愛、美、善的種子 / 阿濃 *8*

推薦序一：

　優秀的兒童文學作品歷久不衰 / 謝錫金 *10*

推薦序二：

　向陪伴兒童成長的文學作家致敬 / 羅淑君 *12*

作者自序：

　讓我的心再一次與讀者交流 / 阿濃 *14*

作家訪談：

　求學時便立志成為兒童文學作家的作家——阿濃 *17*

漢堡包和叉燒包 *26*

我家的故事 *32*

摘星園 *41*

空地上的約會 *75*

聽，這蟬鳴！ *81*

巴士上的故事 *89*

雞的故事 *92*

學校門外的友情 *103*

防 *111*

委屈 *120*

我一點也不怪他 *130*

千里傳情 *138*

面山居隨筆 *140*

卜居 *140*

推車記 *141*

昆蟲記 *144*

龍眼、黃皮 *146*

藤纏樹 *148*

晉叔 *150*

後山鳥夜啼 *151*

香花菜和野草 *153*

黃皮和井水 *155*

太陽花和紫茉莉 *156*

轉向別處的臉 *158*

散文篇

重陽的燒肉 *159*

來也匆匆，去也匆匆 *162*

樂在山蔬野菜中 *164*

園裏的蝸牛 *165*

雨後大帽 *168*

生活之美 *170*

唔知靚 *170*

美麗的秘密 *171*

好聽的 *173*

好看的 *175*

好吃的 *176*

好穿的 *178*

「從前有一隻小雞……」 *179*

附錄：阿濃主要的兒童文學原創作品 *181*

出版緣起

　　冰心説：「必須要有一顆熱愛兒童的心，慈母的心。」兒童是社會的未來，每一位成年人，都有責任關心兒童的健康成長。而優秀的兒童文學作品，正是兒童健康成長不可缺少的精神食糧。它們蘊含着真、善、美，能真切地反映兒童的心聲，能帶給兒童歡樂和有益的啟示，能鼓勵兒童積極向上，奮發進取。

　　回顧香港兒童文學的發展，由 20 世紀 30 年代香港兒童文學的開始萌芽，到 21 世紀的今天，有許多兒童文學作家一直在為香港兒童文學的繁榮辛勤地耕耘着。他們當中，既有從內地南來的作家，也有土生土長的作家；當中有不少文壇長青樹，也有很多新晉的年輕作家。這些作家為香港兒童創作了一批又一批的優秀作品，為香港兒童文學創作的發展作出巨大貢獻。

　　本公司一向致力於為兒童提供優質讀物，藉踏入 50 周年新里程之際，我們希望更廣泛地推出各種有益兒童身心的圖書，尤其是本土兒童文學作品，因此策劃出版《香港兒童文學名家精選》叢書。

　　本叢書是由各位作家在其已出版的著作中，精選出曾獲過獎，或是能代表其創作風格的作品結集成書。體裁包括童話、童詩、生活故事、兒童小説、科幻故事、幻想小説、散文等。作品展示了上世紀 50 年代至本世紀初香港少年兒童的精神面貌和社會風情，曾在讀者中產生過重大影響，並經得起時間的洗禮。

何紫先生曾說過：「倘若我們不從小培養小孩子閱讀的興趣，他們又怎能建立鞏固的語文基礎？」其實，我們不僅關注培養小孩子的閱讀興趣，提高他們的語文能力，我們更希望藉由優秀的兒童圖書，把愛心、善良、孝順、正直、勤奮、樂觀、堅強、關懷、謙虛、公義等種子植播於孩子的心田。叢書裏的作品既文字優美，更是充滿着真善美的人文關懷。

是次出版，我們挑選了在香港兒童文學創作上卓有成就的作家。我們希望由此而為當代少年兒童提供優質的讀物，也為香港兒童文學創作的研究留下具時代意義的印記，更由此表達本公司對兒童文學作家的由衷敬意。

本叢書能得以順利出版，全賴各位作家的鼎力支持。此外，特別感謝阿濃先生為本叢書撰寫總序，感謝謝錫金教授和羅淑君女士撰文推薦。

為了令讀者對各位作家有更多的認識，叢書還特地設有「作家訪談」，讀者可以由此了解各位作家如何走上文學創作之路、他們對兒童文學的見解等。

叢書後設有每位作家「主要的兒童文學原創作品」資料和獲獎資料，旨在為香港兒童文學的原創生態留下史料，並為讀者提供廣泛閱讀的書目。

叢書總序

在孩子心裏埋下愛、美、善的種子

阿濃

兒童文學是文學中最難搞的一門。

所有優秀文學作品要具備的條件，兒童文學都要具備。

但兒童文學的用字用詞有限制，宜淺不宜深。兒童文學的造句有講究，宜短不宜長。兒童文學的表達有要求，宜明白曉暢，不宜過分含蓄艱深。對許多作家來說，就是淺不起來，短不起來，明白不起來。他們做不到，不想做，甚至不屑做。

兒童文學的內容要純淨，像高山絕頂的雪，容不得絲毫污染。因為它是給我們純潔天真的小寶貝的精神食糧，其品質要求更甚於物質食糧的奶粉。但純淨不等於淡而無味，它芬芳，有大自然的氣息；它甜美，如地上樹上藤蔓上的果實；它富於營養，又容易吸收。這就對兒童文學作家個人的品質有了要求，兒童文學作家能標籤為 organic，他的作品才屬於 organic。

許多做父母的都知道餵孩子吃東西是一件苦差，想孩子接受我們為他們而寫的作品，同樣是強迫不來的。兒童文學作家要有十八般武藝，施展渾身解數，令他們笑，使他們覺得有趣，利用他們的好奇，刺激他們思考，引發他們感動，其實是很吃力的。

要成為一個成功的兒童文學作家，他首先要懂孩子的心，那

就需要他自己有一顆童心。他同樣愛吃、愛玩、愛笑、愛哭、愛熱鬧、好奇、愛問為什麼。他同樣愛幻想，不受拘束、仁慈慷慨、視眾生平等。一顆赤子之心，試問在這烏煙瘴氣的世界裏多少人還能擁有？

優秀的兒童文學作家是如此難得，但社會（包括文學界、出版界）對他們又有多重視呢？寫書給孩子看被視為「小兒科」，大家對小兒科醫生十分尊重，對成人文學作家與兒童文學作家之比卻視為大學教授與幼稚園教師之比，使不少兒童文學作家不想擁有這個名號。同樣反映在版稅方面，兒童書的版稅普遍低於成人書，這也使兒童文學作家氣餒。

幸運地，香港還是出現了一批可愛可敬的兒童文學作家，多年來他們創作了豐盛的兒童文學作品。出版了大量的書籍，也被選作課文。在成千上萬的孩子心中，埋下了愛、美、善、關懷、正直、公義、勤奮⋯⋯的種子，使我們的下一代有普遍的好品質好表現。這是兒童文學作家們最堪告慰的。

作為香港兒童讀物出版重鎮的新雅文化事業有限公司，1991年不惜工本，編印了《香港兒童文學作家系列》，邀請最出色的兒童書插畫家繪圖，硬皮精印，成為香港兒童文學的里程碑。21年後，新雅再次出版一套《香港兒童文學名家精選》叢書，為當代少年兒童提供最好的精神食糧，為研究香港兒童文學留下有價值的資料，同時向香港的兒童文學家們致敬，可謂意義重大。

祝願香港出現更多出色的兒童文學作家，祝願他們的地位獲得提升，祝願他們寫出更多更精彩的作品。

推薦序一

優秀的兒童文學作品歷久不衰

　　要想兒童喜歡閱讀，必須要有大量有趣的，能引起他們的閱讀意慾的優質讀物。我很高興地看到，雖然有人説香港是文化沙漠，但仍有不少兒童文學作家在勤奮地為兒童寫作，各家兒童圖書出版公司每年也為兒童提供大批印製精美的讀物。

　　今年香港書展，香港規模最大、歷史最悠久的兒童圖書出版社——新雅文化事業有公司，推出《香港兒童文學名家精選》叢書，精選一批對本港兒童文學卓有建樹的著名作家的作品，為香港兒童提供最好的精神食糧。

　　十位作家包括：黃慶雲、何紫、阿濃、劉惠瓊、嚴吳嬋霞、何巧嬋、東瑞、宋詒瑞、馬翠蘿和周蜜蜜。十位作家的作品，展示了上世紀五十年代至本世紀初香港少年兒童的精神面貌和社會風情，從不同層面刻劃了香港兒童的成長足跡，以及他們成長中所遇到的困擾。

　　和現在相比，上世紀的兒童生活和現今的兒童生活有着很大的差別，他們的生活遠比現在的兒童困苦。但是兒童的心性是相通的，他們的歡樂和煩惱，無一不是當今香港兒童所常遇到的；而他

們面對挫折而表現出的勇氣和智慧，又給當今的少年兒童提供了有益的啟示和學習榜樣。

優秀的兒童文學作品影響力歷久不衰，本叢書正好印證了這一點。

我誠意向各位關心兒童健康成長的家長和教師推薦這套有益兒童身心的優質圖書，也藉此向各位辛勤耕耘的兒童文學作家表示敬意。

謝錫金
香港大學教育學院中國語言及文學部教授
香港大學中文教育研究中心前總監

推薦序二

向陪伴兒童成長的文學作家致敬

　　收到新雅的邀請，為這套《香港兒童文學名家精選》寫推薦序，實在有點兒受寵若驚。為的是叢書內網羅了香港差不多半世紀內鼎鼎大名、優秀的兒童文學作家。其中黃慶雲（雲姐姐、雲姨）更在1938年曾到本會位於香港大學馬鑑教授的西營盤宿舍樓下的會所為街童講故事，她是推動本港兒童閱讀的先行者。

　　《香港兒童文學名家精選》內的作家都是香港兒童文學上的中流砥柱，他們的著作吸引了無數的讀者，深受新一代歡迎。在本港推動閱讀文化的各項活動中，鮮有不包括他們的作品。

　　雲姨是全球知名的兒童文學家；周蜜蜜是雲姨的女兒，以香港兒童成長為題，對兒童成長經歷的過程有細膩深刻的認識；何紫先生將不同年代的童年呈現，伴隨香港的成長，閱讀他的童話就像閱讀香港不同年代的社會發展；東瑞的故事，天馬行空、科幻、出人意表的情節啟迪兒童對未來的好奇，跨越常規的突破和創意；馬翠蘿對人際關係的敏銳描述，是小學生最喜愛的作家；阿濃讓跨代爺孫親切之情、愛護環境等浮現於故事情節中；何巧嬋校長以童話手法寫香港孩子的生活，希望小讀者能跳出眼前的局限；劉惠瓊姐姐

透過動物故事，將兒童成長責任中的困惑、與朋友的交往娓娓道來；嚴吳嬋霞女士的作品描述了兒童的純真。

優良的圖書和故事作品，會令培育兒童愛上閱讀變得輕而易舉。

如果説多運動能令兒童體格強壯，多閱讀則令兒童心智豐盛。小學階段，兒童從 6 歲開始到 12 歲的期間，是發展閱讀最重要的階段。兒童成長中，9 歲以前，是要學會掌握閱讀的能力；9 歲以後，他們透過閱讀去學習日新月異的知識，透過文字故事以豐富人生成長的經歷。好的故事、引人的情節、雋逸的文筆不單能為新一代開啟知識之門，讓思想騰飛，還能接觸社會內不同的價值取向、人際交往關係之錯綜複雜面。

《香港兒童文學名家精選》包含的故事仍是我們推動兒童閱讀的工作者經常採用的。它不單將本港兒童文學作出一個較為整全的匯聚，同時亦為父母提供了一個安心的選擇，羅列了多元化、鼓勵兒童閱讀的好作品。

謹此向一羣努力耕耘、陪伴兒童成長的文學家前輩和翹楚致敬……

羅淑君
香港小童群益會前總幹事

讓我的心再一次與讀者交流

阿濃

《漢堡包和叉燒包》是三十多年前寫的一個故事，那年香港電台舉辦第一屆全港兒童講故事比賽，邀請兒童文學作家為孩子們寫故事，我就寫了這一篇。分配到講這個故事的是協恩中學附設小學的曾詠恆同學。她精彩的表演引起場內一次又一次的笑聲，最後她獲得冠軍。

這個故事後來獲選為《八十年代香港最佳兒童故事》十本之一。隨後不斷有小朋友用它來參加比賽，也一次又一次獲獎。

故事的主題是代溝，解決代溝的方法是互相理解和嘗試接受對方的意見。故事中的小強不知道爺爺的名字，這情況至今仍是普遍的現實，恐怕將來也一樣。曾詠恆同學如今可能有自己的小朋友了，但這個故事還沒有過時。

代與代之間增進了解，使愛更穩固，家庭更和諧，是我許多作品的主旨。

這和諧不僅在家人之間，還在人與動物之間，人與自然之間。《聽，這蟬鳴！》寫的是人與蟬，《雞的故事》寫人與雞也寫人與人。整個《摘星園》是這個主題的一次又一次變奏。

我二十歲左右已開始寫小說，其中一篇叫《委屈》，用的是第一身「我」來敘述，雖不是我的真實經歷，卻是我的真實感受。這一篇被當年的教育署課程部門選為中二教材，當年的中學生都讀過此篇，不止一個告訴我他們很受感動。文章較長，課文曾經節錄，本書是全文刊出。

　　我羨慕田園生活，上世紀上八十年代在新界大埔一村落購一村居，汽車不到，果樹環繞。每逢周末我與妻躲進去避靜。一個全新的環境，所見所感既新鮮又有趣。因面對大帽山，我稱村居為「面山居」，寫了一系列隨筆，與讀者分享個中見聞和樂趣。到我準備移居他國，出售村居時，有二十多位讀者集體來看屋，最後與其中一位成交。至今仍是一段美麗回憶。

　　感謝新雅讓我這批蘸滿感情的文字，以新的組合與新老讀者會面，希望它們能激起心海的浪花，讓我的心再一次與讀者交流。

求學時便立志成為
兒童文學作家的作家

——阿濃

求學時便立志成為兒童文學作家的作家

—— *阿濃*

　　在香港兒童文學作家中，阿濃先生也許是最受學生喜愛的作家了，他曾五次被中學生評選為「中學生最喜愛的作家」呢！不知這是不是與他早年讀師範學院時的立志有關——他早就與兒童結下了不解的緣？

讀師範時便決定做一個兒童文學作家

　　談到什麼時候開始兒童文學創作時，阿濃先生娓娓道來：「我1953年中學畢業考入葛量洪師範學院，知道將來會面對許多孩子，會熟悉他們的生活，於是決定做一個兒童文學作家。當時《華僑日報》有一個「兒童週刊」版，我便寫了一個故事去試試。題目是《阿蘇找朋友》，筆名朱燕。很快就刊登了，於是我繼續寫下去，寫了好幾年。期間我閱讀了不少兒童文學作品，包括安徒生、克雷洛夫、拉封登、伊索、格林兄弟的作品和《愛的教育》、《文心》、《緣緣堂隨筆》、《愛麗斯夢遊奇境》、《天方夜譚》、《苦兒努力記》等等，還有一些兒童文學的理論書籍。這些都對我創作兒童文學很有幫助。」

　　「至於我為什麼取筆名阿濃，說起來也很有意思。《華僑日報》後來出現一個《青年生活》雙週刊，我開始寫一些諧趣的愛

情故事，自己也開始談戀愛了。取筆名『濃濃』，情濃的意思。到不是專寫愛情了，便改名『阿濃』，一直至今。」

我的寫作靈感完全來自生活

　　阿濃先生的作品內容十分廣泛，涉及生活各個領域，為此，我請教阿濃先生寫作靈感從何而來。阿濃先生說：「我的寫作靈感完全來自生活，我的生活圈包括家庭、學校、文學圈、演藝圈、美術圈、職工會圈、環保圈、鄉村生活，因而內容較廣闊豐富。寫作不能坐待靈感，要靠生活中發生的事觸發。寫作人對周遭的事物更為敏感，容易看到別人所看不到和想不到的，看到一件事會聯想到其他事。」

上世紀八十年代香港最佳兒童故事選舉頒獎禮上，著名影星蕭芳芳頒獎給阿濃先生。

　　他舉例說：「我兒子一家最近從香港來探望我們，我發現我家小貓的表現和以往不同：以前每當有客人來訪，牠都會出來『亮亮相』，顯示一下親熱，但此次牠對我兒子一家的到來卻顯出害怕的神態。我細想了一下

19

就明白了，因為兒子家裏養了兩隻狗，他們的衣服不知不覺中滲透了一種狗的味道。貓和狗是冤家，聞到狗味便覺得有威嚇感，於是牠便逃走。由此，我悟出：氣味不相投，難以為友。一篇文章的靈感就由此而生發出來。」

創作有「瓶頸」，那就換一個瓶子

不少作家在寫作過程中會遇到「瓶頸」，阿濃先生説他有時也會遇到這種情況。不過，他「突破瓶頸」的方法與別的作家不同。

他説：「創作有『瓶頸』，那就換一個瓶子。寫作資料就像倉儲，貨物搬空就沒有了，那麼就另開一個倉。近年我距離青少年生活漸遠，便發掘古典，賦以新意，頗受歡迎呢。《去中國人的幻想世界玩一趟》就是一個這樣的故事。我通過一個家庭的故事，把中國最有趣的幻想故事和神話，如《西遊記》、《鏡花緣》、《聊齋誌異》、《山海經》等串起來，讀者從中既獲得語文知識，還從中獲得啟示。這本書很受讀者喜愛，並獲得 2009 香港中文文學雙年獎的推薦獎。」

上乘的兒童文學作品應能吸引兒童和成年讀者

阿濃先生一生從事教育工作，歷任中小學及特殊學校教師達39 年。他熱愛孩子，關心孩子的健康成長，因此，他對兒童文學作品的要求十分高，在他看來，「上乘的兒童文學作品要有趣、有益、有情。能吸引兒童，培養兒童，感動兒童；而且還要有持

久性和永恒性，能讓一代代的讀者喜愛，幾百年過後人們讀起來仍然覺得有趣味，這是兒童文學的一個重要因素。

「而兒童文學最重要的一個因素是愛，除了父母對子女的愛，還包括對眾生的愛，例如對人與動物的愛，體現眾生平等，追求普世價值等。如果沒有愛，很難有偉大的作品。《孟子》、《論語》裏面都包含着愛，孟子宣揚的『仁』也是一種愛的表現，至今仍不過時，因為這是人們的追求。」

停了一下，阿濃先生繼續說：「上乘的兒童文學作品除了能吸引兒童之外，還要能吸引成年讀者，感動他們，並從中獲益。其實，兒童文學作家並不是只希望小朋友看自己的作品，而是希望父母、其他成年人也看。例如安徒生的童話，成人也可以看，各有所得。有時候，成年人從童話中可獲得的啟示比小朋友還多，還更重要，就好像安徒生的《醜小鴨》和聖修伯里的《小王子》。」

對我影響最大的作家是魯迅

阿濃先生博覽羣書，一談起書來話題就源源不絕，他十分推崇艾德蒙多‧狄‧亞米契斯的《愛的教育》和豐子愷的《緣緣堂隨筆》。前者通過一位小學生所記敍的家庭生活和校園生活，歌頌了人與人之間真誠的關懷和愛心，以及高尚的情操；後者是一本散文集，以流暢樸實的文字描述日常生活情景，但文章裏面卻又包含着普遍的人情世故和動人的情趣。兩本書都體現出一種人道主義。

談到哪一位作家對自己的影響最大，阿濃先生說：「對我影響最大的作家是魯迅，他學養豐富，愛憎分明，言語幽默，理解社會問題深刻，富人道主義精神，有獨創性。

「魯迅先生對我寫作的影響有兩方面：一是時事文章。我從魯迅先生的雜文中吸取養料。寫雜文不能靠罵人，罵人是沒力量的，

阿濃、周蜜蜜（後排右起）和兒童文學前輩陳伯吹、黃慶雲合照（前排右起）。

一定要將道理講清楚，舉往日的例來反襯現實，或找其他生活經驗來比照。其二是他的兒童文學。魯迅先生沒有寫長篇作品，小說最長也只能算中篇，但很精練和深刻。很多人認為魯迅的文字很尖刻，但我覺得很溫情。魯迅的作品中有很多兒童文學作品，例如《故鄉》和《風箏》等。魯迅的小說大部分是精品，從中可以吸取很多養料，得到借鏡。」

創作中有趣和難忘的事都與讀者有關

阿濃先生結集出版的著作有八十多部，當中有兒童文學作品，也有寫給成人看的，因此，他的讀者羣十分寬廣，既有學生，也有成人。

回憶起創作中有趣和難忘的事,阿濃説:「創作生涯中難忘的事都與讀者有關,有手織 14 條頸巾送給我所有家庭成員的讀者,有每封信都是手製藝術品的讀者,有義務到幼稚園講我寫的故事的讀者,有幼兒園的老師叫全班學生寫信給我,集體寄來⋯⋯她們認為受到我的書的影響,學懂了怎樣去教導孩子。她們有的把我當弟弟看待,有的把我當哥哥看待,並且和我太太也成了好朋友。

「有個中學生寫信告訴我:『阿濃先生,我現在不再塗指甲油了,因為您不喜歡。』有個中學生對我説:『阿濃先生,我自己洗白色的褲了。』呵呵,那年代還是用手洗衣服的年代,卻流行穿白褲。我在一篇文章中説道:如果你要穿白色褲,那就自己洗,不要為難媽媽。所有這些,都令我難忘。」

我最重視「中學生最喜愛的作家」獎

阿濃先生的作品深受讀者喜愛,並榮獲香港和內地多項重要的兒童文學獎,包括香港中文文學雙年獎、冰心兒童文學獎、陳伯吹園丁獎及十五本書入選中學生好書龍虎榜之十本好書,更五度被中學生選為最喜愛的作家。阿濃先生説:「獲獎對我有鼓勵作用。 眾多獎項中,我最重視『中學生最喜愛的作家』這個獎項,因為這是學生一人一票親自選出來的。因此除了一次因我媽媽去世不能前去領獎外,其他四次我都親自領獎,包括從溫哥華特地飛回來,我不想令小朋友們失望。」

在加拿大寫作更勤

　　阿濃先生退休後於 1993 年移居溫哥華，卻沒有放下創作的筆，反而寫作更勤了，他說：「因為不用上班嘛。我 1996 之後出版的書都是在加拿大寫的，共有 20 種，但還有很多報章專欄文章都沒有結集。」

　　說到未來的寫作計劃和現在的生活狀況，阿濃先生笑說：「今年連新帶舊有六種書出版。最近寫了一批童話詩，相當有趣，既有詩情又富童話色彩。這些童話詩正等待出版繪本的機會。在加拿大，我生活寫意，但年紀漸大，有點怕老，要多注意健康了。」

　　聽完阿濃先生的話，我期待着阿濃先生的新作，並祝願阿濃先生健康長壽。

一個美麗的秋日，阿濃先生和太太攝於溫哥華。

小說篇

漢堡包和叉燒包

（榮獲香港八十年代最佳兒童故事獎）

有一天，小強陪爺爺到書店買書。爺爺買了五本，小強買了一本。六本書都由小強拿着，因為爺爺年紀大了，行動不方便，而小強卻是一個很健壯的小孩。

買完書，已經是吃午飯的時候。爺爺說：「我們不回家吃飯了，爺爺請你飲茶吃叉燒包吧。」小強說：「我不

吃叉燒包，我要吃漢堡包。」

爺爺說：「漢堡包有什麼好吃？飲茶是一種享受，可以一杯一杯慢慢地喝。點心的種類又多，叉燒包啦，蝦餃啦，燒賣啦，牛肉啦，馬拉糕啦，各有各的味道。」小強說：「茶有什麼好喝？汽水好喝得多啦！不喜歡吃漢堡包，可以吃魚柳包啦，麥香雞啦，蘋果批啦，還有炸薯條！」

爺爺說：「吃漢堡包要自己捧着盤子找座位，真是失禮；又坐不長，一吃完就要走。」小強說：「茶樓上吵得很，吃漢堡包有音樂聽，有遊戲玩，還有贈品送！」

爺爺說：「都是些騙小孩子的玩意，你喜歡去，我拿十塊錢給你自己去，爺爺自己飲茶去。」

爺爺有點生氣，小強也有點生氣。但事情就這樣決定了：小強吃漢堡包去，爺爺到茶樓飲茶。小強吃完了，再到茶樓找爺爺。

爺爺上了茶樓，但見人頭湧湧，許多人都找不到座位，要站在別人後面等着。幸而爺爺只是一個人，勉強才在一張已坐滿了人的桌子旁擠出一個座位。

爺爺叫了一壺茶，吃了一籠點心，忽然他擔心起小強來。小強今年才九歲，很少一個人上街。爺爺怕他上來找不到自己。因為這間茶樓共有三層，層層都塞滿了人。剛

才又沒有講清楚在哪一層，要找可真不容易呢！於是爺爺匆匆的結了賬，決定到賣漢堡包的店裏去找小強。

漢堡包店裏也一樣擠滿了人，不是小朋友就是青年人，最老的要算小強的爺爺了。爺爺在店裏繞來繞去，東張西望……一位穿着制服，賣漢堡包的姑娘有禮貌地問爺爺：「老伯，想吃點什麼呢？」爺爺說：「你見到我的孫兒小強嗎？」姑娘抱歉地說：「老伯，對不起，還是你自己到處找找吧。」

爺爺又兜了一個圈，仍是不見小強。心想：他一定是到茶樓去找我了，我得快點回去找他！於是，爺爺又匆匆的趕到剛才的茶樓去。由於走得太急，衣服都被汗水濕透了。可是茶樓上的人似乎比剛才還要多，人山人海，到哪裏去找呢？

小強到哪裏去了呢？他吃了一個漢堡包，喝了一大杯汽水後，記掛着爺爺，就急急忙忙的來到這間茶樓。二樓不見爺爺，上三樓；三樓又不見，上四樓，找得頭暈眼花，幾次把別的老人家當成了自己的爺爺。爺爺不見了，這可怎麼辦呢？手上的六本書，本來是不覺得重的，現在卻越拿越吃力了。

小強正着急的時候，忽然聽到茶樓的擴音機在呼喚客

人的名字。他靈機一觸：「對，我到服務台，請服務小姐代我播音找尋爺爺。」

服務小姐問小強：「你爺爺叫什麼名字？」這可把小強難倒了，小強一直叫他爺爺，一時記不起他的名字。小強很難為情，連耳朵都紅了。服務小姐問他説：「那麼你又叫什麼名字呢？」小強告訴了她。

於是擴音機發出叮叮噹噹的聲音，接着開始廣播：「請小強的爺爺到二樓服務台，小強找你。」

一分鐘之後，兩爺孫終於團聚了。爺爺雖然跑得一身汗，找到了小強，仍然感到很高興。爺爺説：「想不到你這樣聰明，會利用服務台找我。來，讓我們再找個座位，爺爺請你吃叉燒包。剛才我還沒有吃飽呢！」

小強吃叉燒包的時候，覺得味道的確不錯。不過，他忽然記起了一件事，問爺爺説：「爺爺，你究竟叫什麼名字？」

作者補誌：

《漢堡包和叉燒包》是我為「全港兒童故事演講比賽」創作的故事。這個比賽由香港電台、香港小童群益會、新雅兒童教育研究中心聯合主辦。1984 年是十周年紀念，特別邀請兒童文學作家提供故事。

我也在比賽現場欣賞了整個過程。協恩中學的曾詠恆小朋友精彩的演繹獲得高級組冠軍。

1990 年香港兒童文藝協會、香港電台、香港小童群益會聯合主辦「80 年代香港最佳兒童故事評選」，《漢堡包和叉燒包》是十佳之一。

我家的故事

我是一個中學生，我有一個弟弟是小學生。

我的爸爸和媽媽都很愛我們，可是他們都要上班，要到傍晚才回來。

幸而我們有一個祖母，她幫我們買菜、煮飯，照料我們。

我還有一個公公，他住在鄉下。公公有一個大園子，種了許多果樹。放假的日子，我常去探望他。

我家有許多小小的故事，都是些很平常的故事，但是每逢我想起這些事，有時會微笑，有時卻會淚濕了眼眶。下面我先告訴你們四個，假如大家喜歡，我會繼續寫下去。

做貓的一天

這一天是學校假期。

所謂學校假期，是爸爸媽媽仍然要上班，弟弟卻不用上課。

爸爸上班之前留下了一句話：「你自己在家裏溫習溫

習。」

媽媽上班之前也留下了一句話：「嫲嫲有什麼要做的，你幫忙做一點吧！」

弟弟沒有回答，他心裏説：

「難得一天學校假期，做這樣，做那樣，倒不如不放假了！」

爸媽出門之後，弟弟就開了電視，電視正播映卡通片，主角是一隻肥貓，整天追蝴蝶，嚇麻雀，生活十分逍遙。

於是他對祖母宣布説：

「嫲嫲，從現在起，我是一隻小貓！妙妙！妙妙！」

祖母説：「好，你是乖小貓，你幫我把這一桶衣服拿到天台去，我一會兒上去晾衣服。」

弟弟説：「妙妙！我是小貓，我不會拿衣服到天台去！」

祖母説：「天台的盆栽，兩天沒有灑水了，你拿桶水上去澆花好嗎？」

弟弟説：「妙妙，小貓不會澆花！」

弟弟像小貓一般團在沙發上，眼睛盯着電視機，看得倦了，像小貓一般打呵欠，伸懶腰。

祖母上街買菜了，弟弟很想跟她去，街上好看好玩的

東西多得很，看到喜歡的可以叫祖母買。可是祖母説：

「有誰把小貓帶上街買菜的，你呆在家裏好了！」

弟弟説：「嫲嫲，我最喜歡吃豉油雞！」

祖母説：「你是小貓，我會記得買兩條小貓魚給你吃！」

弟弟想：「原來做貓並不妙，我還是……」

他還沒有想清楚，祖母已經拿着菜籃出去了。

弟弟沒有信

弟弟讀上午班，下午他喜歡跟祖母去買菜，因為一個人呆在家裏實在很悶。

他和祖母買菜回家，經過樓下的信箱，祖母便會開信箱拿信。

爸爸的信最多，媽媽和我的信也不少，只有弟弟，從來不曾收過一封信。

爸爸下班回來，弟弟會把信拿給爸爸。

我放學回來，弟弟也會把信拿給我。

祖母的信雖然很少，卻也曾經收過。有時是鄉間的侄兒寄給她的；有時是加拿大的女兒寫回來的。祖母收到信，就忙着找眼鏡，看了一遍又一遍。看來祖母也是很喜歡收到信的。

弟弟其實也很想收信，信封上寫着他的名字，貼着美麗的郵票，那是多麼美妙啊！

「爸爸，你有兩封信。」

「哥哥，你有一封信。」

「為什麼總沒有人寫信給我呢？」弟弟皺着眉頭抗議。

「你想人家寫信給你，你要首先寫信給人。你為什麼

不寫一封信給加拿大的表哥呢？」爸爸說。

爸爸教會了弟弟寫信。信寫好了，弟弟立即拿到樓下的郵筒投寄。接着，他天天盼呀！盼呀！

終於有一天，祖母開信箱拿了一疊信出來，弟弟一拿到手上便叫一聲：「好啊！」

祖母顧得跟鄰居談話，沒有留意。到晚上，爸爸和我都回家了，弟弟把那疊信拿出來說：

「爸爸，你有一封信。哥哥，你有一封信。王德昌，你也有一封信！」

弟弟把一封信拿在手上揮舞着，王德昌正是弟弟的名字呢！

我的「秘密」

我和弟弟同睡一個房間。

平日弟弟早睡，我晚睡，難得今天我們差不多同時上
牀。

我對弟弟說：「我真羨慕你，每天媽媽都進來幫你把
被子蓋好，又會深深地吻你。」

弟弟說：「媽媽以前也吻你嗎？」

我說：「那是很久以前的事了，大概自從我升上中學
之後，她就不再吻我了。」

弟弟說：「是不是因為你已經長大了？」

我說：「我想是的，不過媽媽不知道，有時我也盼望
她像我小時候那樣，一樣的來親吻我，撫摸我。」

我們說着說着，媽媽就進來了。媽媽先對我說：「哈，
今天你這麼早睡。」

媽媽隨即走到弟弟牀邊，幫他把被子蓋好，然後俯下
身子，在他臉上給了香香的一吻。

這時弟弟說：「媽媽，我要告訴你一個秘密。」

我連忙大聲說：「不要講！不要講！」

可是弟弟的小嘴已經貼着媽媽的耳朵。

媽媽微笑地聽着那個「秘密」，我用棉被蒙頭，我感覺我的耳朵在發熱。

媽媽走到我牀邊，輕輕地拉開我的棉被，我微笑地閉着眼睛。

媽媽溫柔地輕撫我的面龐，像在弟弟牀前那樣，低低的俯下身子，在我的額上，甜甜的吻了一下，還在我耳邊輕輕地說：

「傻孩子……」

公公和柚子樹

公公住在鄉下，屋前有個很大的園子，屋後有個很闊的山坡。園子裏，山坡上都種滿了果樹。

有荔枝、龍眼、黃皮、楊桃、番石榴、橙、柑，還有許多木瓜。

我每次到鄉下探望公公，公公總是從樹上摘下新鮮的果子給我吃，有時還讓我自己去摘。這些在樹上成熟的果子，味道好極了。

原來公公會在每年的生日種一棵樹，這樣的習慣已經維持了四十年，因此最大的一棵樹是四十年之前種的。那

是一棵楊桃樹，如今仍不停地開出淺紫色的小花，果實也四季不斷。我喜歡把楊桃橫切成一片片的星星，放進嘴裏，吃起來又甜又脆。

公公今年八十五歲了，他生日那天，又種了一棵柚子樹。

他把樹種好之後，抹抹額上的汗，輕輕地對我說：

「柚子樹會長得很高，結出一個一個的大柚子，每年的中秋節可以摘下來拜月光，不過公公怕趕不及吃這棵樹的柚子了。」

趁公公去洗手，我靜靜地對那棵剛種下去的柚子樹說：

「柚子樹，柚子樹，你要快些長大！讓公公能吃到你的柚子。」

不知為什麼，我的眼眶濕了。

摘星園

願望

　　兒時的夏天晚上，在門前乘涼。我洗過澡，躺在竹蓆上，很涼，很舒服。

　　祖母坐在我身旁，輕輕搖着芭蕉扇，幫我趕蚊子。

　　我望着一天的星，像一顆顆閃亮的寶石，美麗極了，便對祖母説：

　　「嫲嫲，天上共有多少顆星？」

　　祖母説：「傻孩子，這麼多的星，誰數得清呢？」

　　「嫲嫲，我想摘一顆星下來玩。」

　　「傻孩子，他們這麼高，怎麼摘得到？」

　　「隔壁張大叔家裏有把長梯，我們可以借來爬上去。」

　　「嫲嫲老啦，爬不動啦！你又太小，爬到梯子上也差了一大截呢！到你長大了再去摘吧！」

　　於是我天天盼，盼望自己長大、長高，好把亮晶晶的星星摘下來，掛在我的房間裏。

　　後來我果然一天天的長大、長高，變成了大人，可是

祖母卻永遠的離開了我。

我好像忘記了我的童年願望，直到一個夏天的晚上，我和我的小兒子在天台上乘涼，他說：

「我想摘一顆星。」

留在天上

小兒子漆黑的眸子反射着星光，忽然對我説：

「爸爸，我想摘一顆星星下來玩。」

我說：「傻孩子，你摘一顆星下來，天上不是少了一顆嗎？」

「天上有那麼多星星，少了一顆，還留下許多許多，怕什麼！」

「孩子，地上也有許多許多的小孩，他們都喜歡星星。你要一顆，他也要一顆，就像蘋果樹上的蘋果，結果會被大家摘光。孩子，試想想，天上沒有星星會怎樣？」

「天空再沒有這麼美麗了。」

「唔，還有呢？」

「嫲嫲再不會對着星星説故事了。」

「唔，還有呢？」

「我再不能一、二、三、四、五的數着它們學算術了。」

「唔，還有呢？」

「我説了好幾樣，輪到你説了！」

「好，」我説，「迷途的旅行家，在海上漂流的難民，結隊飛行的大雁，都不能靠星星分辨方向了。」

「他們會怎樣？」孩子擔心地問。

「他們永遠不能抵達目的地，説不定會在半途死亡。」

「爸爸，讓星星留在天上吧，而且，誰也不許摘！」

掛在窗前

「媽媽，我想要一顆星星。」小女兒睡在露台涼蓆上，小手一指，「我要月亮旁邊那一顆。」

「傻孩子，你要星星做什麼？」母親問。

「我要把她掛在窗前，讓上夜班的爸爸下班回來時老遠就看見。」

「傻孩子，這麼擁擠的高樓大廈，會把星星擋住，爸爸看不見。」

「我要把她掛在牀頭邊，我要睡在牀上跟她談天，談到很晚很晚，讓她照着我睡覺。」

「傻孩子，她的光會射着你的眼睛，使你睡不着。」

「我要把她放在聖誕樹頂上，跟那些小燈泡一起閃着，做一棵香港最美麗的聖誕樹。」

「傻孩子，你知道星星也有爸爸、媽媽和兄弟姊妹嗎？」

「我知道。」

「你把星星摘下來，她的爸媽和家人會掛念她，你知道嗎？」

「我知道。」

「你把星星摘下來，她會想家，會想念親人，你知道嗎？」

「我知道。」小女兒的眼中忽然出現了淚花，她抿了抿嘴唇說，「你幫我查一查她的電話號碼，讓我打IDD給她，我們在電話裏談談就算了。」

一棵大樹

公園裏有一棵大樹，枝葉繁茂，樹底下很蔭涼。到公園來遊玩的人，都喜歡在樹底下歇歇，讓涼風吹掉身上的暑氣，欣賞樹上的鳥唱和蟬鳴。

每年春天，樹上開滿艷紅的花，遠看像一朵朵的火，近看像頭上簪了紅花的新娘子，喜氣洋洋。許多人站在樹下拍照，把遊客的臉也映紅了。

康康第一次跟爺爺到這公園玩耍，第一眼看到這棵樹便很喜歡。他發現樹底下有一塊牌子，寫着某年某月某日，一位叫某某的大人物親手種了這棵樹。

康康說：「真要謝謝這位大人物，為我們種了這樣美麗的一棵樹。」

爺爺說：「這棵樹起初只是一棵小樹，我看着它一年

一年的長大。不過你更要謝謝陳伯。」

康康説：「陳伯是誰？」

爺爺説：「你看到那邊正在澆花的園丁嗎？他就是陳伯。當年他準備好樹苗，在地上挖好一個洞，等大人物把樹苗放進去，加了兩鏟子的泥，植樹就算完成，以後許多年的灌溉、施肥、剪枝、杜蟲都是陳伯做的。」

康康説：「那麼，這塊牌子上應該加上陳伯的名字。」

一把舊藤椅

誰也記不起，這把舊藤椅究竟爺爺坐過多少年。連讀大學的哥哥也説，它一直存在着，而且從他有記憶開始，這把藤椅便是又殘又舊的。

家中的沙發換過很多次，連那張吃飯的大圓桌也因為斷了一隻腳，換了一張更大的，可是那把舊藤椅仍牢牢地守在客廳的一角。

　　藤椅的面已經凹陷，扶手的地方藤絲斷裂，爺爺從藤器工場裏買了藤絲回來自己修補。

　　那天是爺爺生日，爸爸買了一把很漂亮的搖椅回來，放在那把舊藤椅擺放的地方。

　　爺爺跟朋友喝茶去了，大家試坐新搖椅，都說很舒服，爺爺一定會喜歡。而且那把藤椅太舊了，放在客廳上很礙眼，把它換成新搖椅，好看得多。

　　爺爺喝茶回來了，孩子們急不及待地拉他試坐新搖椅，康康還在後面幫他搖着：「爺爺，舒服嗎？」

　　「還好。」爺爺說。跟着問：「那把藤椅呢？」

　　「丟啦！」大家一齊回答。

　　爺爺的臉色一沉，拉開大門便要出去。

　　「到哪兒去？」祖母問。

　　「去找回那把藤椅！」爺爺說。

　　「在士多房裏擱着呢，早知道你這臭脾氣，誰敢胡亂丟了你的心肝寶貝！」祖母說。

　　爺爺臉上的烏雲頓時消散了，他把舊藤椅從士多房裏搬出來，放在露台上，一面喝茶一面看報紙。看他那舒適的樣子，大家想：

　　「這把藤椅的確應該留着。」

盆裏地裏

學校裏的花王何伯，種了幾十盆紫薇，夏天開滿紫紅色的花，把牆邊點綴得一片燦麗。

康康的父親在這間學校教書，向何伯要了兩棵樹苗，一棵種在盆裏，放在露台上；一棵帶進新界，種在爺爺的園子裏。

康康每天放學後都到露台澆花，他相信花兒們正在等他。他回來之後，花兒們才有水喝。而在乾渴之後喝水，是最愉快的事。

種了不到一年，紫薇便開花了，花雖不多，卻文靜秀美，很有風韻。

康康打電話告訴爺爺：

「我這裏的紫薇開花了，你那邊的花開了沒有？」

爺爺說：「也開了，有時間來看看誰的花開得茂盛。」

到康康去新界探望爺爺時，紫薇的花期已過。

時間過得飛快，又是紫薇第二年開花的時候，康康去看爺爺。他差不多有半年沒來了，倒是爺爺有時候到市區去看他們。

到了種紫薇的地方，康康低頭尋去，卻不見紫薇。爺

爺叫他抬高頭看，原來那叢紫薇已長得高高，而且樹頂繁花簇簇。

「為什麼盆裏的紫薇那麼矮，這一棵卻長得這麼高大呢？」

「因為這裏有讓它自由生長的環境，盆裏的天地太狹小了。」爺爺摸着康康的頭説，「希望你也能自由地生長。」

貓魚和雞腿

媽媽把貓魚煎得很香，拌飯給小貓咪咪吃。

小貓咪咪急不及待，在廚房裏繞着媽媽的兩腿轉。

貓飯拌好了，很香，小貓吃飽了坐在一角洗臉。牠把口沫唾在腳上，然後往臉上和嘴上擦。

冰冰説咪咪的臉一定很臭，因為乾了的唾沫是臭的。

冰冰到廚房去看咪咪吃了多少飯，發覺咪咪專挑魚吃，剩下的都是白飯。

「媽媽，咪咪只吃魚不吃飯！」冰冰對母親説。

「一會兒牠肚子餓了就會吃。」媽媽説。

果然，晚上冰冰去看咪咪的飯碗時，已經把剩下的飯吃乾淨了。

吃晚飯的時候，媽媽給冰冰一隻雞腿，是用醬油煮的，看上去一定很好吃。

冰冰一直把雞腿留着，等把白飯吃完了，才慢慢享受那隻雞腿，好吃極了。

媽媽說：「冰冰比咪咪聰明，冰冰有個好習慣。」

爸爸問是什麼好習慣？媽媽說：「冰冰懂得把最好的東西留到最後，讓一頓飯在最愉快的情況下吃完。這是中國人的良好傳統，要把好日子留在後面，先苦後甜，是一種幸福。」

麻雀的悲劇

露台上，時常有麻雀飛來吃東西。

因為露台上有一個鳥籠，籠裏有一對彩鳳。彩鳳吃東西的時候，把一些雀粟掉在地上，便成了麻雀的食糧。

冰冰很喜歡看麻雀吃東西，牠們跳幾步，啄一啄，樣子很機靈，有時冰冰故意把餅乾捏碎了，撒在露台上，讓牠們飽餐一頓。

一個星期天的下午，冰冰正遠遠的看着小麻雀們在露台上吃東西，忽然一個影子撲出去，但聽見呼的一聲，幾

隻麻雀飛走了。

冰冰看清楚撲出去的原來是貓兒咪咪，牠回過頭來，嘴裏已啣着一隻吱吱哀叫的麻雀。

「打！打！」冰冰揮手喝罵咪咪，想牠放下嘴裏的麻雀，牠卻躲到沙發底下去了。

到冰冰拿地拖把咪咪從沙發椅下面趕出來，那麻雀已一命嗚呼了。

「咪咪很壞，很殘忍，我要把牠趕走！」冰冰氣憤地對媽媽說。

「傻孩子！」媽媽把氣呼呼的冰冰拉近身邊，冷靜地對她說，「捕捉老鼠和小鳥，是貓的本能，就像捕捉昆蟲是鳥兒的本能一樣，這是大自然給予牠們的祖先，祖先又遺傳給牠們的本領，一直以來，牠們以此維

生，根本沒有什麼對與錯。看上去殘忍，可是牠們卻有一點勝過我們，就是很少自相殘殺，而人類之間，戰爭和屠殺不斷。」

看着咪咪鬼鬼祟祟地從衣櫃下面探頭出來，冰冰餘怒未息，又高聲喝道：「打死你這個壞蛋咪咪！」

你説奇怪不奇怪？

這大廈住了很多人，雖然大家在進進出出的時候常會碰面，但卻是互不相識。

大家可能一同開信箱取信，可是你好像看不見我，我也好像看不見你似的，誰也不願意先向對方打招呼。

大家可能一同等電梯，可是大家都看着那些會亮的數目字，卻不願意互相看一眼。

電梯門開了，大家走進去。在那麼狹小的空間裏，大家擠在一塊兒，身體貼得那麼近，大家的心卻是距離得那麼遠。因為大家的心，這時像電梯的門一般，緊緊關閉着。

直到有一天，大廈搬進了一伙新住客，這家人有個兩歲的小男孩。

小男孩還沒有上學，卻最喜歡上街。早上要媽媽帶他

去買菜，黃昏要爸爸帶他去公園散步。

小男孩站在電梯裏，周圍的人都比他高，而且沉默着，像一根根的石柱。

「公公早晨！」一個清脆甜美的聲音打破了沉寂。公公低下頭，看到一對滿含笑意的大眼睛。於是公公也笑了：

「小弟弟早晨！」

「伯伯早晨！」小弟弟又向一個戴眼鏡的男人打招呼。他起先還不知道，是他的太太提醒他説：

「這位小朋友在叫你早晨呢！」

「啊，小朋友早晨！早晨！」

為了自己的失禮，他加倍奉還。

於是電梯裏立時熱鬧起來，大家不但互相説早晨，還開始交談起來。

不到一個星期，這大廈的住客見面時，都會笑臉相迎，互相招呼，你説奇怪不奇怪？

咪咪不舒服

阿俊每天放學都會跟小貓咪咪玩。

阿俊一按門鈴，咪咪便知道是他回來了，立即躲到沙

發下面。

阿俊一進門，咪咪便從沙發下面一竄而出，兩隻前腳捧住阿俊的球鞋，還詐作用牙去咬。到阿俊想捉牠時，牠又馬上逃到沙發下面去了。

到阿俊換了衣服，想到冰箱裏找點什麼好吃的東西時，咪咪又會跑出來，繞着阿俊的腿轉來轉去，還「妙妙」地在叫着，要阿俊分一點東西給牠吃。

可是今天阿俊回來，咪咪卻什麼表示也沒有，懶懶的躺在露台上。

「咪咪！」阿俊叫牠。

牠瞟了阿俊一眼，又自顧打瞌睡了。

阿俊説：「豈有此理！你還擺架子呢！不瞅不睬的！」

阿俊趁未換拖鞋之前，狠狠的踢了牠一腳。咪咪痛叫一聲，跑到沙發下面躲起來了。

媽媽説：「你為什麼欺負小貓？」

阿俊説：「誰叫牠不睬我！」

媽媽説：「動物和人一樣，都有不高興、不舒服的時候，你怎可以強迫牠每天陪你玩呢！」

後來阿俊看見咪咪到花盆裏找草吃，又嘔了一些東西出來，才知道咪咪真的不舒服，他覺得很慚愧。

舊練習本子

康康收拾書桌的時候，理了一大堆舊練習簿出來，用大膠袋裝了，放在大門外，準備等倒垃圾的阿嬸拿去丟掉。

不久卻看見爺爺把那袋練習簿拿回來，坐在小凳上，一本一本的把那些沒有用過的空白紙張撕下來。一面撕還一面説：

「這麼好的紙，丟了不是太可惜麼？」

康康心裏想：「橫豎用不完，留下來阻地方，老人家總是不怕麻煩！」

爺爺説：「岳飛少年時候，沒有錢買紙，只得在泥沙上練字，哪像你們這麼浪費的？」

康康説：「爺爺，時代不同嘛，岳飛的母親在他背上刺字，難道我們也要讓母親『篤背脊』？」

爺爺沒有怪康康駁嘴，他把那些白紙釘成一本本，放在電話旁邊説：

「有人打電話來，要留下口信，可以記在這些本子上。做算術要草稿紙，也可以拿來用。上街買東西，怕忘記買什麼，可以先寫在紙上。」

康康見爺爺撕下來的白紙，竟有厚厚的一大疊，也有

點兒慚愧，就説：

「爺爺，這些用過的紙，讓我來收拾吧。」

爺爺説：「你也把它們一本本的釘好。」

康康説：「用過還有什麼用？」

爺爺説：「拿來包鉛筆屑、果皮、花生殼，不是很好嗎？」

紙巾和手帕

祖母燙衣服的時候，燙平了三條大手帕，一條給爺爺，一條給爸爸，一條給平平。

平平説：「我不要手帕，我要用紙巾。」

祖母説：「紙巾用過不可以再用，手帕髒了，洗乾淨可以再用。」

平平説：「要洗、要晾、又要燙，不是很麻煩嗎？」

祖母説：「一條手帕可以用幾十次，比紙巾節省多啦！」

平平説：「一包紙巾值多少錢？同學們都用紙巾嘛！」

祖母説：「好，好，你不喜歡用手帕就用紙巾吧！」

平平回到學校，陳老師上第一課，她手上拿了一條乾

淨的手帕，問大家：「這是什麼？」

「『手巾仔』！」大家回答。

陳老師說，她小時候讀書，每天都要帶一條乾淨的手帕回校，到今天當了老師還是一樣。她不喜歡用紙巾，因為造紙的材料是樹木，現在地球上的樹木越來越少了，大家一定要節省用紙。

後來陳老師還用手帕玩了兩個遊戲，一個是「丟手巾」，一個是「瞎子和跛子」，大家玩得很高興。

平平放學回到家裏，便對祖母說：

「嫲嫲，明天我要帶『手巾仔』上學！」

上默書課

今天同學們都有點緊張，因為第一課便是英文默書，很多同學都沒有準備好。

昨晚電視播映一套長片，又緊張，又恐怖，又好笑。大家顧得看戲，默書便沒有充分準備。

英文老師麥太太是個很嚴肅的人，她說過要默書就絕不會改期，誰要是不及格便得罰抄，而且不止抄一次，可能抄得你手指痛。

上課的鈴響了，大家唸唸有詞，作最後的記憶，課室裏嚶嚶嗡嗡，像一班小和尚在讀經。

可是走進課室來的卻是胖胖的教中文的沈老師，大家叫她「沈肥肥」的大好人。她説：

「麥老師因為感冒發燒，今天請假，由我來代課。」

她一宣布，課室裏立即爆發出一聲：

「好呀！」

有人把英文書拋向半空，還有人鼓起掌來。

就在這時候，一個瘦瘦的大家熟悉的身影出現在課室門外，那不是麥太太是誰！

「沈老師，謝謝你，我回來了。」

「你不舒服，在家多休息嘛！」

「吃了藥，好多了，覺得不應該懶惰。」麥太太説。

於是大家一聲不響的默書，不過有好幾對耳朵是通紅通紅的，耳朵的主人，相信剛才喊「好呀」的時候，一定被麥太太聽見了。

你想做什麼？

爺爺説了一個故事，是一個古老的故事。這樣的故事，

許多國家都有，只是版本稍有不同：

話說一隻老鼠做了一件好事，神仙答應為牠完成一個願望。

老鼠説牠最怕貓，希望神仙把牠變成一隻貓。神仙説貓會害怕狗，老鼠説那就把牠變成一隻狗吧。神仙説狗最害怕棍子，老鼠説那就把牠變成一根棍子吧。神仙説棍子怕火燒，老鼠説那就把牠變成一團火吧。神仙説火怕水來淋熄，老鼠説那就把牠變成一桶水吧。神仙説水怕太陽曬，老鼠説那就把牠變成太陽吧。神仙説太陽最怕雲來遮蓋，老鼠説那就把牠變成一堆雲吧。神仙説雲最怕風來吹，老鼠説那就把牠變成一陣風吧。神仙説風最怕牆來擋，老鼠説那就把牠變成一道牆吧。神仙説牆最怕老鼠在上面打洞。老鼠説：「你就把我變做老鼠吧！」神仙説：「你本來就是老鼠嘛！」

爺爺説完了，問康康這個故事好聽不好聽？康康説：「這個故事教我們安心扮演自己的角色，太保守了！」

爺爺説：「那麼你想怎麼樣？」

康康説：「我要每樣都試試，我要做貓，蹲在屋頂看風景；我要做狗，在草地上打滾；我要做棍子，專打壞人；我要做火，給人溫暖；我要做水，在小溪中奔流唱歌；我

要做太陽，光照四方；我要做雲，到處遨遊；我要做風，
自由地奔馳；我要做牆，給人們一個甜蜜的家；我也不妨
做一隻機靈的小老鼠，跟大蠢貓鬥智！」

爺爺聽了哈哈笑道：「好！你說得好！」

原來如此

媽媽每天買菜要花很長時間，對於這一點，大家有不
同的猜測。

「媽媽是個拿不定主意的人，到了街市，買牛肉好呢
還是買豬肉？買白菜好呢還是買豆角？轉來轉去，時間便
長了。」這是哥哥的看法。

「媽媽天天買菜，當然認識了不少朋友，跟張阿姨講
十分鐘，跟李太太談一會兒，時間便過去啦！」這是姊姊
的推測。

這個星期六，弟弟不用上學，自告奮勇陪媽媽去買菜。
街市又擠又髒，菜籃很重，弟弟買菜回來，大聲嚷道：「好
辛苦呀！」

晚上吃飯時，小弟忽然對大家說：

「今天我發現，媽媽買菜為什麼要花很長時間了。」

「媽媽走路慢？」哥哥説。

「小販要『走鬼』？」姊姊説。

「NO，NO，NO！」弟弟猛搖頭。

「那你就快説吧！」心急的姊姊橫了他一眼。

「媽媽買菜的時候，心裏想着家中每一個人。爸爸喜歡吃什麼？姊姊喜歡吃什麼？哥哥和我喜歡吃什麼？除了她自己，她要使每一個人都有愛吃的菜，錢又不能花得太多，所以來來去去，走了幾遍，才把菜買好。」

聽了小弟的話，大家看看桌上的菜，一同說：

「謝謝媽媽！」

都是有生命的

重陽節那天，康康和波波跟舅父去登高，他們爬上一座小山，觀賞四周的風景。

看了一會兒，康康和波波覺得無聊，每人撿起一根枯竹枝，比起劍來。

他們一面比試，一面發出呼喝的聲音：「嘿！嘿！嘿！」

忽然波波「哎呀」一聲，原來手指中了康康一擊。

「真可惡！好痛呀！」波波拋下竹枝，搓着被打紅了的尾指。

「我不是故意的！」康康見波波發脾氣，也不高興。

於是他們一個去東，一個去西。

波波攀着一棵小樹，用力地又推又搖，發洩心中的怒氣。康康揮舞手上的竹枝，把那些野花野草，鞭打得枝葉橫飛，表示他不開心。

「停手！」他們忽然聽到舅父大喝一聲，兩人立刻停止了他們的破壞活動。

「你們兩個傻了嗎？這樣子傷害花草樹木！」舅父的樣子很生氣。

「它們只不過是野草罷了，這裏到處都是。」康康不以為然地說。

「什麼野草、家草！它們都是有生命的，在我眼中，它們沒有分別。你們不應該欺負它們！」舅父的嗓門還是那樣大。

「如果你們的爸媽吵架，把脾氣發洩在你們身上，你們會覺得怎樣？」

「植物不會講話，但是它們的感受跟你們一樣。」舅父的語氣稍緩和了。

兩人一聲不響地跟着舅父下山，沿途沒有隨便摘一片草葉。

好玩的下雨天

早上上學時還是陽光燦爛,中午快下課的時候卻烏雲密布,下起雨來。

冰冰正擔心要淋着雨回家,卻見媽媽已拿着傘子在校門前等候。

兩人打着一把傘子走進雨中,斜撇的雨打濕了冰冰的鞋襪,她忍不住埋怨道:

「下雨天,真討厭!」

「如今城市的孩子,都討厭下雨。記得我們小時候,還盼望下雨呢!」

「下雨有什麼好?」冰冰嘟着嘴說。

「下雨可以到溝渠邊放紙船,可以光着腳踩小水窪,也可以淋雨!」媽媽說的時候,眼睛裏像是出現了童年景象。

「淋雨?淋雨也好玩嗎?」冰冰不相信。

「也許我們小時候沒有什麼好玩的,所以淋雨也好玩。我們一個個小孩在雨中跳呀,叫呀,頭髮和衣服全濕透了,可是我們都開心極了!」

「媽媽,就讓我們現在試一試,好不好?」冰冰忽然

有了這個頑皮的主意。

「好呀！」冰冰想不到媽媽會答應，而且真的把傘子收了。

雨點打在兩人的臉上、身上，像是在街上淋浴似的。

「哈哈，真的很好玩呀，媽媽！」冰冰仰起臉，讓雨水淋個痛快。

媽媽也仰着臉，還閉上眼睛，讓雨點親吻她。她沒有回答冰冰，因為她已回到她的童年時代了。

釣魚

康康和表哥釣魚回來。

爺爺問：「有收穫嗎？」

康康說：「只釣到幾條小魚。」

「魚呢？」

「倒啦。」

「為什麼？」

「太小，不能吃。」

「作孽！作孽！」爺爺歎息說。

「爺爺，什麼叫作孽？」康康問。

「把魚釣回來不吃，不是作孽是什麼？」爺爺說。

「釣魚的樂趣不在乎吃嘛！」表哥說，「在乎把魚扯上來的一剎那。」

「你的樂趣是在殺害生命嗎？為什麼這般殘忍？」爺爺說。

「那些捕魚為業的人，不是更殘忍嗎？」表哥說。

「非也！非也！」爺爺說，「他們是為了生計，有嚴肅的理由。你們如果把魚釣回來吃，魚是人類的食糧，這是上天允許的。可是你們殺害牠們，純粹為了娛樂，那就

有點過分了。拿回來送給人家餵貓也好嘛！」

「我們也不知誰家養貓，那不是很麻煩嗎？」表哥說。

「怕麻煩就最好不要去釣魚！把本來自由快樂的魚釣上來，無端令牠們死亡，你們不覺得殘忍麼？」爺爺說。

「爺爺，你的心地真好！」康康說。

「我希望你們也一樣！」爺爺說。

生日菜式

爺爺去年生日，已經不吃雞、鴨、魚肉。他說：「不想在這慶祝自己生命誕生的日子裏，殺害其他生命。」

爸爸常常跟爺爺抬槓，這是他們父子間的一種生活樂趣。爸爸說：「植物也有生命，這碟炒白菜不是生命麼？這碟煮莧菜不也是生命麼？只不過人們在殺害它們的時候，它們不懂得呼喊罷了。」

爺爺似乎說不過爸爸，他有點不服氣地說：「好，下次生日，我懂得怎樣做了！」

時間過得很快，又到爺爺今年的生日。爺爺親自下廚，煮了四菜一湯出來。他說：「這豆角是籬笆上摘的，這茄子是田裏種的，這雞蛋是雞窩裏撿的，這豆苗是街市買的，

這鍋湯的木瓜是園子裏長的。今天的菜式，完全沒有殺害什麼生命。我取了它們的果實和嫩葉，可是它們依然活着。」

爸爸微笑着夾了一箸炒雞蛋説：「這雞蛋可以孵出小雞，不也是生命麼？」

爺爺説：「我家沒有養公雞，這些雞蛋都是沒有受精的卵，是孵不出小雞來的。」

他們父子倆，你一言我一語，唇槍舌劍，看來是爺爺佔了上風。爸爸無話可説，他帶頭端起杯子來説：「好，讓我們祝爺爺身體健康，生辰快樂！」

於是大家一同舉起杯子，七嘴八舌地恭喜爺爺。

爺爺的記性

祖母常説：「爺爺真的老了，記性越來越差了！」

可不是嗎？他有時上街買東西，到了街上，卻想不起自己買什麼。有時買了東西，給了錢，卻忘記拿東西。

最好笑的一次，是朋友請他喝茶，他要打電話回家，告訴家裏不要等他吃飯。他卻連家裏的電話號碼也記不起來，要那位朋友在地址簿上查了告訴他。

爺爺還老是丟東西，雨傘啦，錢包啦，鎖匙啦，丟了一次又一次。光是身分證，就補領了三次。

最危險的是爺爺有時在廚房裏煮東西，離開廚房後，就忘得一乾二淨，直到把東西煮焦了，一屋子的燒焦味，大家才知道。這時候，祖母就會很大聲的罵他，説這樣是很危險的。

爺爺知道是自己錯，一聲不響的清理爐具和灶頭，我們都替爺爺難過。

不過，奇怪的是，有些事情爺爺記性卻很好。

他會背整篇的《千字文》，一個字也不漏，他還會背《木蘭辭》和《長恨歌》，還有一些成語，他知道哪一句是孔子説的，哪一句是孟子説的。

他還記得他六歲時候的事情，他第一天開學，穿的是什麼衣服，吃了什麼點心，老師説過些什麼？

他又記得五十年前米賣多少錢一斤，叉燒包多少錢一個。

祖母説他：「該記的不記得，不須記的卻記得清清楚楚。」

對於這一點，我們是不同意的，爺爺記得的事都很有趣，我們希望他從記憶中，多「挖」一點出來，告訴我們呢！

雪糕姨和蘋果姨

媽媽有兩位好朋友時常來我家，冰冰和邦邦叫她們一個做雪糕姨姨，另一個做蘋果姨姨，因為雪糕姨姨差不多每次都會在樓下的超級市場買一盒雪糕上來，蘋果姨姨卻喜歡帶一袋蘋果來。

冰冰和邦邦喜歡吃雪糕，也喜歡吃蘋果。雪糕姨姨講故事很動聽，蘋果姨姨會彈琴，帶領孩子們唱歌，所以孩子們很歡迎這兩位姨姨。

不過有一次，冰冰和邦邦閒談，卻不約而同的說：「喜歡雪糕姨姨多點！」

「為什麼呢？」

起初他們自己也不知道什麼原因，後來終於弄清楚了：

「雪糕姨姨喜歡稱讚人。」

「蘋果姨姨喜歡挑人的毛病。」

「雪糕姨姨説：你的眼睛真漂亮！」

「蘋果姨姨説：看你的手指多髒！」

「雪糕姨姨説：你這幅畫畫得好！」

「蘋果姨姨説：看你的功課多潦草！」

「雪糕姨姨説：你們很有禮貌。」

「蘋果姨姨説：你們有點懶惰。」

媽媽一面燙衣服一面聽孩子們討論，終於她説：「人人都喜歡聽讚美的話，但我們更需要別人指出我們的缺點。」

「可是蘋果姨姨為什麼只看到我們的缺點，看不到我們的優點呢？」

「她是看到的，她常在我面前説你們很可愛。只因為她差不多每次都跟雪糕姨姨一齊來，雪糕姨姨已經稱讚了你們，她怕你們驕傲，所以由她來指出你們的缺點。」

「原來如此！」冰冰和邦邦説。他們心裏對蘋果姨姨有了小小的歉意。

「真舒服！」

爸爸腰痛了好幾天了，要硬直着身子坐，硬直着身子走路，像個機械人似的。彎腰和拿東西的時候，他都很小心。爸爸不再像從前動作敏捷，姿態瀟灑了，他一下子顯得老了。

爸爸很少看醫生，這次也不例外。媽媽和祖母都叫了他好幾次，他不肯去也拿他沒辦法，難道他怕打針，又怕吃藥，勇敢的爸爸其實是個紙老虎？

不過爸爸終於去看了醫生，並且帶回來一個腰墊，樣子彎彎的像個馬鞍。

腰墊有兩條尼龍帶子，用來綁在椅子上。爸爸坐下來工作時，那腰墊就頂住他的腰椎骨，讓這部分獲得支持。

腰墊似乎有點用，不過爸爸的腰痛並沒有停止。他只要坐着超過一小時，就得躺到牀上休息。這是他從前沒有的習慣。

他躺在牀上休息的時候，媽媽有時會幫他按摩，每次按摩之後，爸爸都說很舒服。

今天媽媽不在家，爸爸躺在牀上休息時，我說：

「爸爸，讓我試試幫你按摩。」

爸爸有點意外，不過他還是把身體翻過去，背脊向天，像媽媽幫他按摩時那般。

我學着媽媽的手勢，開始在爸爸的腰部搓揉。做了幾下，爸説要大力一點；我用了很大的力，他還説不夠。後來爸爸教我要用整個身子的重量壓下去，我終於懂得了用力的巧妙。

爸爸開始閉上眼睛，滿意的説：「真舒服！」

我做了一會兒已經滿頭大汗，兩臂痠軟。爸爸説：「夠了，謝謝你！」他爬起身來把我擁在懷裏，給我一吻。我也閉着眼睛説：「真舒服！」

寫字的道理

弟弟一面做功課一面大聲説：「討厭！」

喊聲驚動了爺爺，他走過去看，原來弟弟在用毛筆抄書。

有些筆畫因為筆上的墨太多，化開了，變成糊塗一團。有些字因為筆畫太多，一個格子沒法容納，佔了兩個格子。一些墨印在弟弟的手上，又從手上印回簿上，弄得花斑斑的，這裏一點，那裏一塊。

「你看，多麻煩！現在哪裏還有人用毛筆寫字的？落後！」弟弟發脾氣地把毛筆摔下。

「看你，一點耐心也沒有！寫毛筆字是一種藝術呢，中國人不可不懂，讓爺爺寫給你看。」爺爺捲起衣袖説。

他拿了弟弟上學期用剩的一本舊簿，坐到弟弟的座位上，讓弟弟站在旁邊看着。

他拿起筆來，先把筆尖上多餘的墨在墨盒蓋上舔掉，筆鋒變得瘦瘦尖尖的，然後一個字一個字的寫起來。

説也奇怪，爺爺的手平日是顫抖的，拿起筆來寫字卻不抖了。

更使弟弟佩服的是，不論那些字的筆畫多少，爺爺都可以輕輕巧巧地寫在一個格子裏，包括那筆畫最多的「鬱」字。

「有什麼秘訣沒有？」弟弟問。

「很簡單！」爺爺説，「寫每一個字之前，要心中有數，把字的組成部分，作出適當安排。筆畫之間，你讓我，我讓你，寫出來就不覺得擠，還很自在、舒暢呢！」

爺爺繼續寫下去，嘴巴卻不肯停下來，他説：「就像一家人一樣，地方雖小，只要懂得互讓，日子也是過得自在舒暢的。」

空地上的約會

　　這塊空地據說是準備做公園的，可是還未見動工。空地邊長滿了雜草，中間是一塊大沙地，雖然有不少坑坑窪窪，卻有不少孩子在這裏騎單車、踢足球。

　　安安和芬芬就住在附近的大廈裏，從他們家的露台上也可以看到這塊空地。每天他們都搬張小枱子在露台上做功課，因為那裏光線比較好，可以不用亮燈。還有，當功課做得悶了，又可以看看空地上孩子們玩耍的情形。

　　安安和芬芬有時也到空地上玩，那多數是跟爸爸在一起。爸爸跟媽媽說過，空地上人雜，他不放心兩個孩子自己去玩。

　　今天是星期五，明天和後天都不用上課。兩個孩子把功課做好之後，都想到空地去玩。尤其是他們有一部新買的 BMX 單車，總共才騎過兩次，在空地上騎單車，是再好不過了。

　　可是爸爸正為生意上的事忙着寫信，不肯陪他們去。

　　「讓我們自己去吧！」芬芬懇求地說。

　　爸爸遲疑了一下，又到露台去看看空地上的情形。今

天在空地上玩的孩子不多，又沒有人踢足球，於是爸爸說：

「好吧，玩一會兒吧。不過要自己小心呀！」

兩個孩子歡呼着把單車推出去了。

芬芬剛學會騎車，她只是規規矩矩地在沙地上繞圈；安安卻想學電視上看到的衝斜坡一百八十度轉身。他試了一次又一次，還跌了兩跤，最多才轉了九十度。那單車上的油漆卻擦花了幾處，雖然妹妹沒有說什麼，安安自己也覺心痛。

兩人玩得又熱又倦，把單車停放在身邊，坐在一塊大麻石上休息。

這時，一個渾身曬得墨黑的男孩子走近他們。他穿着背心、波褲，躂着拖鞋，以鑑賞家的眼光打量那架閃耀着亮光的新單車。

「好漂亮呀！」那孩子搭訕說。

安安和芬芬警惕地看着這個陌生者，沉默着不說話。經驗告訴他們，只要稍為表示一點善意，對方就會開口借單車。

「多少錢買的？」那男孩似乎對他們的冷淡不以為意，又繼續問了。

芬芬別轉臉不理他，安安卻聰明地坐到車上踏到遠處

去了。

這時空地上忽然歡蹦亂跳的衝來了一隻大黑狗，伸着長長的紅舌頭，氣咻咻地到處亂嗅。牠先嗅嗅那男孩的小腿，還在他的腳背上舔了一下，跟着走到芬芬腳邊。

芬芬嚇得尖叫一聲，差點從麻石上跌下來。

「阿財！」那男孩對黑狗一聲呼喝，隨手在地上拾起一根樹枝，向遠方擲去。

黑狗離開了芬芬，飛也似地衝過去唧起了樹枝，又飛也似地回到男孩身邊，討好地單用後腳站立起來。男孩接過了樹枝，拍拍黑狗的頭，把樹枝擲去更遠的地方，那黑狗又像一隻小馬似的奔過去了。

芬芬看得有趣，已經忘記了害怕，擦擦眼角的淚水，問那男孩：「這狗是你養的？嚇死我了！」

「不是我養的，不過我常跟牠玩，牠很聽話 ——阿財！請請！」

阿財果然把兩隻前腳屈曲在胸前，單用後腳站立作起揖來。

這時安安也已回來，放下單車，一同欣賞阿財的表演。阿財真是一隻聰明的狗，玩了許許多多的花樣。最使安安和芬芬驚歎的是阿財似乎會數數目，起碼能夠由一數到三。

因為那男孩拍一下手掌，阿財就吠一下，那男孩拍三下手掌，阿財就吠三下。

假如不是後來又來了一隻小花狗，阿財還會繼續表演下去。可是小花狗一來，阿財就連忙追過去，跑得無影無蹤了。

「你叫什麼名字？」安安問。

「我叫黃得寶，不過只有媽媽叫我阿寶，別人都叫我黑仔。」阿寶一邊說一邊羨慕地撫摸着那部單車。

「你想騎車嗎？我們借給你騎。」安安說的時候看看妹妹，芬芬點點頭，原來她也正想這樣說呢！

阿寶高興地飛身一跳上了車，他們想不到這位新朋友竟有那麼高明的單車技術，衝斜坡一百八十度轉身對他來說，真是易如反掌。他還指導安安學習這個動作，經過一番努力，安安終於勉強做到一次，歡喜得合不攏嘴來。

「明天你再來教我好不好？」安安向阿寶提出了請求。

「明天你再叫阿財表演給我們看！」芬芬補充說。

於是大家約好了明天同樣的時間在空地見面。阿寶還答應帶一個籐圈來，讓阿財表演更精彩的動作。

當他們正準備說再見的時候，安安和芬芬的爸爸忽然來了。他用很不和善的眼光看了那男孩一眼，沉着臉說：

「好回家吃晚飯了！」

爸爸說罷就一聲不響地帶頭往回走，安安和芬芬見他滿臉不高興的樣子，也默不作聲地跟在後面。

走了十來步，芬芬忍不住回頭望去；阿寶也正呆呆地望着他們。芬芬向他揮了揮手，阿寶忽地轉過身去，把一枚石子擲去很遠很遠的地方。

快到自家門前時，爸爸對他們說：「我在露台上看見你們和那孩子在一起，和這樣的野孩子一齊玩，對你們沒有好處，以後不准！」

爸爸說得很威嚴，斬釘截鐵的，完全沒有商量的餘地。他沒有看到兩個孩子的臉色，假如他看到的話，他便會發覺他們是多麼的不滿和失望。

明天下午，安安和芬芬將會從家裏的露台上向下望，他們會看見那曬得墨黑的新朋友，正在空地上徘徊等待。他手上拿着一個籐圈，身邊還有一隻歡蹦亂跳的大黑狗。

聽，這蟬鳴！

九龍塘歌和老街有一座小公園，翠玲和德德時常去。裏面有個兒童遊樂場，卻很少人來玩；翠玲和德德可以玩完一樣又一樣，不用等也不必爭。

不過他們差不多有半個月沒有來過了，那是因為學校考試，兩姐弟要留在家中溫習。考試一完，便是暑假，兩人的心輕鬆得像長了翅膀，放假第一天的早上，便跑到公園裏來了。

半個月沒來，公園的草好像比以前長了，樹葉好像更濃更密了，而蟬也好像叫得比以前更響了。

「看，那樹上有好多蟬呀！」德德嚷着說。

翠玲隨着他的手指看去，果然見一棵矮樹的褐色樹幹上，高高低低的伏着十多隻蟬。旁邊一棵樹上卻一隻也沒有，大概因為這棵樹的樹皮顏色淺，蟬兒們怕蹲在上面容易被人發覺吧。

德德走向那棵有蟬的樹下，想伸手捉蟬，離樹還有兩三尺，那羣蟬已經吱吱的四散亂飛，樹幹上一隻也沒有了。

德德心想：「牠們的眼睛好利啊！」

這時卻見一
個曬得黑黝黝的小男孩，
躬着腰躡手躡腳的走近另一棵褐
色幹的樹，一舉手便捉住一隻，吱吱的
在他手上叫着，再不像在樹上唱得那麼悠閒，
聲音中飽含着焦急。

　　德德也學那小男孩的樣子，矮着身子慢慢移近一棵樹，
那樹上的兩隻蟬果然沒有發覺。德德再慢慢伸出手去，移
近其中一隻，這時他的心緊張得怦怦地跳。終於他迅速地
一抓，蟬兒到手了，另一隻吱的一聲飛走了。

　　德德用兩隻手指，輕輕拈着那蟬的腰間，但見牠的六
隻細腳在空中撐拒着，卻不發聲。不像那小男孩手上的一
隻，一直叫個不停。

小 説 篇

「為什麼這一隻不會叫？」翠玲走近來看。

「啞的！」那小男孩説。

「你這隻是雌蟬，所以不叫。」樹蔭下一位正在看書的中年人插嘴説。

「黐線？蟬也會黐線嗎？」德德把「雌蟬」聽成神經病的「黐線」。

「我説的是雌蟬，即是女性的蟬，公蟬的太太。唔，蟬先生有福了，他的太太從來不會在他耳邊囉嗦，因為她是啞的。」

翠玲想：「這位先生的太太一定很囉嗦了，不然他不會羨慕起蟬來。」

「為什麼雌蟬不會叫呢？」德德問。

中年人一手一隻，把德德和那小男孩手上的蟬借去，反轉了牠們的肚皮給他們三個看。那吱吱叫的一隻胸部下面有兩塊三角形的板，正不停地顫動着，聲音便是從那裏發出來的；另一隻不發聲的便沒有這樣的兩塊板。

中年人還叫德德試用手指搔那公蟬脅下的板，果然牠叫得更響了。

「牠怕癢呢！」翠玲説。她自己很怕癢，只要有誰作勢要「唧」她的兩脅，她便全身酸軟，笑個不停。

「蟬是我小時候的玩具，不用花錢買的。」中年人説。一些回憶似乎正出現在腦海中，他繼續説：「光是蟬，便有許多玩法。有時我們用黑墨搽黑牠的一隻眼睛，然後放走牠。牠一沖到半空之後，便在天上打轉，那是因為牠只有一隻眼睛看到光，便老是向那邊轉……」

「那不是很可憐麼？」翠玲説。

「是呀，小孩子總是喜歡惡作劇。記得村裏有棵大樹，樹上有無數的蟬，白天叫成一片。我們一班小孩，夜間在樹下燃起一堆火，然後用長竹竿在樹枝樹葉間亂打。受驚的蟬紛紛向着火光飛來，像下雨似的，成百隻的蟬葬身在火堆中。待燒熟後，我們便從火堆中揀來吃，只有胸部一點點地方是可以吃的，味道像瘦肉。」

「你們不覺得殘忍麼？」翠玲皺着眉頭撅着嘴説。

「那時候好吃的東西少，只要能吃的東西都不肯放過。我們吃野果山稔，吃花心的蜜糖，吃野蜂巢裏的幼蟲……」

「蟬是吃什麼的？」德德看着蟬的嘴部問，那裏有一枝形狀奇特的小管。

「古人説牠餐風飲露，用牠比喻高潔的君子，實際上牠是吸食樹汁的，就像你們飲汽水用吸管一般，牠們運用

天生的吸管。」

「蟬為什麼只在夏天叫？是不是牠們怕熱，在那裏嚷着好熱呀！好熱呀！」德德又問。

「蟬的幼蟲是住在泥土裏的，根據法國有名的昆蟲學家法布爾説，牠們最少要在黑暗的地下生活四年，才揀一個夏日鑽出地面，換下醜陋的外殼，長出美麗的透明翅膀，在陽光下高聲歡唱。」中年人把蟬還給孩子們，抬頭看着綠蔭中的鳴蟬。

「蟬有多長的生命？今年唱了，明年夏天還會唱麼？」翠玲問。

「據説牠們出土之後，只有一個多月的生命，牠們的演唱會開完之後，也就要離開這個世界了。」那位先生説。

「難怪牠們叫得這麼盡力，時日無多啊！」翠玲不由覺得有點傷感。

「比起一種叫蜉蝣的小蟲來，牠們已經是長命的了。蜉蝣由幼蟲變為成蟲之後，只有幾小時或者一兩天的生命，所以古人説牠朝生夕死。」

「這樣的生命有什麼意思呢？」德德不禁懷疑。

「我們人類可以活到八九十歲，看來比這些昆蟲長久得多。可是和無窮無盡的時間長河相比，何嘗不是一瞬之

間？所以，我們要好好珍惜寶貴的時間啊！」中年人拍拍德德的肩膊説。

「你是不是老師？」翠玲問。

「是呀，你怎麼知道的？」中年人微笑着説。

「聽你講話便知道了。」翠玲得意地説。

「唔，我們教書的總是道理多多，習慣難改。」

「我們學校裏的老師很兇，不像你這麼好人。」那穿背心的小男孩説。

「你讀幾年級啦？」這位老師問。

「五年級。」小男孩回答。

「唔，數學和英文都很難，是不是？」

小男孩深深地點頭。

「你為什麼搶我的蟬？快還給我！」一大一小兩個男孩跑了過來。大的在前面走，小的在後面追。

「你不還給我，我回去告訴阿爸！」小男孩見追不到，便停下來，又作出準備回家的樣子。

「嘑，還給你了！」大男孩把他手上的蟬往地上一丟，但見那蟬在地上亂撲亂轉，吱吱地叫着。

小男孩把蟬從地上拾起一看，隨即嚷道：「啊，你壞！你把牠的翅膀撕破了！你快賠我一隻！」

這時大男孩早走得無影無蹤，小的不見了哥哥，把那受傷的蟬往地上一摔，也跑掉了。

那位老師拾起在地上掙扎着的蟬，看到牠一邊翅膀已被撕去，另一邊也只剩半截。

「可惜！」他歎息了一聲，把牠放在附近的樹幹上。

「這裏不安全，不如把牠放高一點。」那小男孩説。

　　跟着，他把手上的蟬交給德德拿着，捉住那隻受傷的蟬，貓也似的爬到樹頂去了——幸而沒有公園的管理員看見。他把那隻蟬放在高高的枝枒上，看到牠緊緊地抓着樹枝，才又靈活地爬下來。

　　這時稍為靜下來的蟬鳴，忽然又變得響亮。

　　「唔，牠又在唱了！」翠玲説。

　　大家不知道是翠玲的耳朵靈還是眼睛利，能夠聽到或是看到這隻受傷的蟬又在唱歌，不過卻又都同意她的判斷。

　　「這兩隻蟬怎麼辦？」德德舉起雙手説，「我提議——」

　　「放了牠們！」三個孩子一齊説。

　　「一二三，發射！」德德手一鬆，兩隻蟬同時飛上了半空，兜了半個圈，各自躲進一叢樹蔭裏去了。

　　這時似乎整個公園的蟬同時叫了起來，響成一片。多麼單調而又美麗的夏日音樂啊！

巴士上的故事

巴士在總站上震顫着，像一頭因奔跑而喘息的老狗。

一羣穿校襟的男孩子衝上車來了，他們是放學鐘聲響過後第一批飛出來的鳥兒，他們笑着，叫着，甚至扭打着，像一羣互相撕咬的小狗。

叮叮，巴士開了，留下了另一批衝過來的「小狗」，巴士司機嘴角泛着微笑，他可以看到「小狗」們在車下戟指呼叫的怪狀。

在尖銳的煞車聲中，巴士停站了，上來了另一批穿校襟的。車上的男孩子突然古怪地安靜了下來，因為上來的是一批女孩子。這是一間教會學校的女生，她們的一舉一動，一言一笑，全像是受過訓練的，大方而優雅。從頭髮到鞋襪，都是那麼乾淨整齊，無怪整車身上散發着汗臭的男孩子都有點自慚形穢了。

占美是男孩子中最整齊的一個，在車將開的那一會兒，他沒有忘記先把頭髮梳了一下。

占美等待着的那個面孔上車了，占美以微笑迎她，她也以微笑迎占美，於是占美側身，讓她坐在身旁近窗的座

位。

記得占美第一次讓她坐在身旁時，他們什麼也沒有説。她坐在他身旁，像一尊莊嚴的女神，占美不但不敢偷眼看她，連到脖子上去搔癢也不敢。現在占美已經知道她叫安妮，而且大家可以談談笑笑了，莊嚴的石像變成了一個美麗可愛的女孩子。

今天他們的話題是老師們的花名和怪脾氣。

占美説他們的化學老師花名是「科學怪人」，兩隻眼睛從不看人，好像望着一個遠方的世界，下課後同學們跟他招呼，他總是直行直過，大概根本沒有看見。

安妮説她們的家政老師最喜歡在課室裏談她自己的孩子，談他們的淘氣，談他們的可愛，現在都到外國求學去了。他們常常寫信回來，讀書的成績都很好。而據熟悉家政老師的同學説，她的孩子一年才來那麼一兩封信，除了例常的問候外，就是向她要錢。

後來占美談起他們的國文老師「八股佬」了。他説他對中文科最沒有興趣，別的同學也如此，所以一上中文課，課室裏就吵得一團糟。國文老師是個大近視眼，戴了眼鏡也看不清楚，所以同學們時常作弄他。有一次大家正吵得天翻地覆的時候，校長突然在課室門口出現了，他罰全班

站了五分鐘，狠狠地把他們罵了一頓，臨走時瞪眼看了看國文老師，用英語嘰咕地罵了一句，坐在前排的同學聽到是「老懵懂」的意思，從此他又多了一個花名。

「你有沒有作弄過他？」安妮問。

「怎麼沒有！」占美英雄地說，「每次默書，我總是把課本拿出來抄，有一次給他看到了，他要拿走我的書，我就跟他鬥搶，引得全班大笑。還有一次，我把一架收音機藏在衣袋裏，上課的時候開了，大唱粵曲，又引得全班大笑，他循着聲音來檢查我的時候，我已經把收音機傳給別的同學了，氣得他幾乎嘔血……」

「你們的國文老師是不是姓陳的？」安妮問。

「是呀，你怎麼知道？」

「他是我爸爸。」

假如占美鎮靜一點的話，還可看到安妮的眼中已滿含了淚水。

以後占美雖有時也會在車上遇見安妮，但是她莊嚴得像一尊石像，而且從不肯坐在他的旁邊。

雞的故事

　　鄰家的阿牛又送來了兩隻小雞，他去年曾經送來一隻小貓。

　　小貓是人家丟棄在街上的，阿牛經過的時候，牠咪咪的跟在阿牛後面走，阿牛便把牠帶回家去。可是不到一個小時，在家裏所有大人的責備下，他把那隻小東西送來了我家。關於這隻貓，是另一個故事，我們這次不講。牠已經不在了，是出外找女朋友的時候給汽車碰死的。

　　這兩隻小雞卻是阿牛在街市買的。一擔子剛出殼的小毛球，你推我擠，吱吱的叫着，吸引了不少小孩。剛好阿牛袋子裏有四塊錢，便一下子買了兩隻。可是他不知「前車可鑑」的結果，來了個「重蹈覆轍」──不到一小時，他又在父母的責罵下，把小雞送來了我家。

　　為什麼別家不送，要送來我家呢？除了因為我們是他隔壁的鄰居之外，還有一個原因，便是我們家的大人都不「惡」。兩個男人──我跟孩子們的爺爺，都是老好人。只要孩子們喜歡，又不是做什麼壞事，我們便不會反對，有時還支持支持。兩個女人──孩子們的媽媽跟祖母，雖

然嚕囌了一點，對這些會把屋子弄髒的小動物也無好感，卻還能勉強容忍。

小雞送來我家的第一晚，正是個大冷天。大兒子把牠們放在一個鞋盒裏，還鋪了破布和棉花。可是牠們仍然瑟縮着，一聲一聲不停的吱吱叫着。為了免得影響大家的睡眠，便把小雞連鞋盒關在廚房裏。大兒子認為牠們吱吱的叫是怕冷，便拉了一座打牌用的「麻雀燈」，迎頭照着。

麻雀燈照了整晚，小雞也叫了整晚。第二天早上大兒子一走進廚房便嚷了起來：「哎呀，死了一隻！」我走進去看時，剩下的一隻小雞，正踩在牠同伴的屍體上，仍一聲一聲吱吱的叫着。我想：這麼脆弱的小生靈，怕捱不了幾天。

可是小雞卻出人意料的活了下來。牠不再吱吱的叫了，對於餵給牠的碎米和切成絲的菜葉也很欣賞，每天都吃很

多，而且越吃越多。

牠被放進一個大銅盆裏。這盆本是用來裝花的：花兒種在瓦盆裏，瓦盆再放在銅盆裏。這些時花開得不好，銅盆空着，正好用來給小雞住。銅盆底鋪着報紙，這小東西用兩隻腳搔爬着，像野地裏雞覓食的動作一般，可是那報紙底下卻是什麼也沒有的。

有一次，我把牠從盆裏捉出來放在地板上，牠吱吱地叫着走來我的腳邊。我故意急急地後退，想不到牠也急急地奔上前來，還在光滑的地板上狼狽地跌了一個跟頭。孩子們見有趣，也一個個輪着向後退，引牠追過來，為牠滑跌的「精彩」表演而鼓掌。

最後還是我覺得不忍，又把牠捉回銅盆，牠卻好像沒有玩夠，在盆底伸長了脖子向外面張望。

小兒子問：「牠為什麼要追着我們跑？」

我說：「牠是把我們當作母親了。」

小兒子說：「那怎麼會呢？牠沒有見過牠的母親麼？牠不知道我們是人不是雞麼？」

我說：「你知道小雞是怎麼孵出來的嗎？」

小兒子說：「是雞媽媽蹲在雞蛋上，把小雞孵出來的。」

我說：「這是從前的事了，現在的小雞是用機器孵出

來的。一盤盤的雞蛋放進去，一盤盤的小雞拿出來。元朗
就有許多這樣的孵蛋工場，有機會我帶你去參觀。」

小兒子說：「媽媽竟然是一部沒有生命的機器，那不
是很慘麼？」

我見小兒子有點難過的樣子，便道：「不過小雞是不
懂得這些的，所以牠們也不覺得慘。因為我們養牠、餵牠，
牠便把我們當做母親了。依偎在母親的翅膀底下，得到保
護，得到溫暖，是牠們天生的本能，也是一種需要。因此，
牠喜歡繞在我們腳邊；我們蹲下來，牠便躲到我們屁股下
面；我們走，牠便急急的追過來，像母雞帶着小雞逃避敵
人時的情形一樣。」

小兒子似乎有點不服氣：「你不是小雞，你怎麼知道
牠不覺得慘！」

唔，小兒子沒有讀過莊子和惠施的故事，卻説出類似
「子非魚，安知魚之樂？」這樣的話來。

我説：「牠甚至不知道自己是小雞，我們是人，更不
知道人不可能是牠的母親。假如牠懂得這些，便不會追着
我們跑了。」

小兒子似乎還有點不放心：「我倒寧願相信牠是真的
不知道了。」

像小貓、小雞這類有生命的玩物，能帶來生活中許多樂趣，卻也帶來許多麻煩。小孩子們慣於享受那些樂趣，卻把麻煩留給大人。

大兒子是跟小雞玩得最多的一個。他在學畫中國畫，老師讓他照畫稿臨過小雞，還說他臨得不錯。那次黃胄的畫展中有一幅百雞圖，一百隻小雞個個姿態不同，大兒子在這幅大畫前面足足看了半小時，還拿出本子來臨了一些。他知道畫家能寫出這許多神情動態不同的雞，靠的便是平日的寫生工夫，於是家裏的小雞便成了他寫生的模特兒。

這雞和我的大兒子相處慣了，也跟他特別親熱。大兒子和別人同時叫牠，牠總是走向我大兒子處。大兒子蹲下來拍拍大腿，牠便一躍而上，在上面踱步，而且從沒有拆爛污的在他褲子上拉屎。

清理糞便是養雞最麻煩的工作。別看雞小，牠一天要拉很多。有時要清理兩次，才不致把露台上搞得臭氣薰天。對於這樣的「優差」，當然是人見人怕，可免則免。孩子不理，我和妻要上班，工作便落到祖母身上。

祖母今年七十一歲了，前幾年身體還是很好的，去年發現血壓高了一點，要吃藥降壓。降血壓的藥種類很多，卻似乎沒有哪種不帶點副作用：頭痛啦，胃痛啦，心跳啦

……醫生試來試去，算是找到一種副作用最少的，起初還不怎麼樣，吃多了人便覺得累，走半條街也氣喘，要停下來休息。人不舒服，脾氣也就比較差。本來一面做，一面埋怨，是她的老習慣，現在這毛病是越來越厲害了。許多事情她大可以不做，卻偏要自己找來做，做的時候不是怪這個懶，便是罵那個麻煩。我這個做兒子的，知道老人家的毛病，總是忍着。做媳婦的心中不悦，也會在我面前抱怨幾句，我安撫之後也還能忍着。小輩們便沒有這樣的修養，祖母怪責他們什麼，便一嘴頂回去。我在家的時候，還能及時制止，叫他們休得無禮。我不在家的時候，往往就能發展為一場小小的爭吵。

小雞一天一天的長大，銅盆已經困不住牠。牠一跳便能跳上盆邊，再跳便已身在盆外。本來讓牠在露台散散步也沒有什麼，偏是牠不知自愛，隨地拉屎，只得又把牠捉回盆裏，用一塊鐵網蓋着。

有一個時期，我工作忙碌，早出晚歸，跟家裏各人談話的機會也不多，小雞更是不加理會。只是從祖母口中知道，每天把菜葉子切細了拌飯餵雞的是她，每天清理雞糞，換上乾淨報紙的也是她。她的抱怨大家早已聽慣了，誰也沒有在意。

一個星期天的早晨，我剛巧沒事在家。大兒子把雞放出來寫生。他先在露台上鋪滿了舊報紙，然後讓雞在上面散步。在早晨的陽光下，我才發現小雞已變成大雞，雪白的羽毛，鮮紅的雞冠，是一隻十分漂亮的母雞。牠是如此的美麗，不禁使我想起了醜小鴨變成天鵝的童話。

這年七月，在外國讀書的二女回港過暑假，她有意看看祖國的風貌，我們便報名參加了中旅社的師生團，到北京、承德、北戴河等地遊覽半個月。考慮到祖父有坐骨神經痛，不能遠行；祖母走半條街便累得氣喘，北京這樣要走許多路的旅遊點不適合她。我們只報了五人參加，包括我們兩夫婦，二女和兩個弟弟。大女兒要上班，剛好留在香港，對二老也有個照應。

我宣布了這個計劃，並且解釋了為什麼不能請二老同去。祖父說不但是走路他走不動，來回兩次都要坐三十多個鐘頭的火車，他更是吃不消。祖母卻什麼也沒有說，只是問了我們出發的日子。

可是第二天全家一齊吃晚飯的時候，祖母忽然對大家宣布：「你們去北京之前，要把雞送掉，我不想再服侍這些畜牲。」

她態度很冷靜，也很堅定，沒有絲毫轉圜的餘地。於

是我什麼也沒有説，繼續吃我的飯。孩子們似乎也感覺到氣氛的僵硬，誰開口誰就會自討沒趣，於是大家在沉默中吃完了這頓飯。

祖母——我的媽媽，為什麼要把雞和北京旅行連在一起呢？這當然是一種不滿的表示。

老人家像小孩子一樣，報復的心理很重。你們使我不高興麼？我也要使你們不高興。

她為什麼不高興呢？也不單是因為她不能去旅行，她是不喜歡兒孫離開她的身邊。

我是她惟一的孩子。數十年來，一直生活在她左右，哪怕我到離島去小住兩三天，她也會牽掛不安。何況這次是歷時半個月，相隔千里計的遠行。在這一段日子裏，她將會坐立不寧，寢食不安。我們快樂，她卻要受苦。

她既找不出理由反對我們的旅行，只得找一件事來表露她的情緒，於是我們的母雞有難了。

從此她三兩天便會提醒我們一次：「你們一定要在去北京之前把雞送掉。」

這使我不得不認真地考慮這個問題。我要為牠找一個安身之所，不致遭人殺戮，葬身在口腹之中。

我想到了兩處地方。一處是老朋友開的幼稚園，花園

裏有幾個鐵籠，養了些白兔雞鴨，作為活的教具，讓孩子們認識。我家的雞可以充當其中一個角色。另一處是家住元朗的一個女學生阿芬家裏，她幾年前在我服務的中學讀書，現在是中文大學的學生。我曾經到過她家作客，有竹林、有果樹，也養了雞鴨白鴿一類的動物。後者是天然的環境，遠勝於困在我家的銅盆，也比幼稚園的鐵籠為佳。

於是我打電話給芬，提出了我「託雞」的請求。寄居的期限可長可短，萬一不再取回，希望能給牠「終老林下」，千萬不要把牠宰了。芬一口答應，只要通知她，便會乘便來取，不必麻煩我親自送往元朗。

在此期間，這雞開始生蛋。第一隻蛋小巧精緻、上面染着血跡。蛋被放在冰箱裏，每個放工放學回來的家庭成員，都要拿出來摩挲一番。以後牠隔一天或兩天生蛋一隻，算是對我們餵飼的一種報答。

去北京旅行的日子一天天近了。那天祖母又說要趕快把雞送掉，我告訴她元朗的學生已答應收容。看着她的臉，我試探着說：「待我們從北京回港，再把牠拿回來。」

祖母忽然激動起來，眼中含淚的說：「你只知依從你的子女，從來不把阿媽放在心中……」

她如此強烈的反應，實在出我意外，我連忙說：「好了，

好了，以後不再拿回來便是！」

雞的命運於是決定。在送牠走的前一天，孩子們把雞捧上天台，拍了一批照片，算是留念。

芬特地從元朗出來，她也稱讚這雞長得漂亮。她向我們要了一個膠袋，在側邊剪了一個洞。把雞放進袋裏，正好可以把頭伸出洞外透氣。

芬叫我們放心，她必定會好好待牠。

芬提着膠袋出門的時候，雞安靜地回過頭來看我們，孩子們跟牠舉手説 BYE BYE，回答的只有阿芬。

把雞送走之後，祖母把養雞的角落好好的清潔了一番，倒不曾再抱怨些什麼。

我們從北京旅行回來之後半個月，收到了芬從元朗寄來的信，告訴我她新學期的情況和暑假的收穫，其中有一段卻是有關那隻母雞的。信上這樣寫：

> 母雞對新環境很快適應。我家小弟常追問牠何時回家，大概是照料慣了，漸有不捨之情。牠最喜在竹樹旁下蛋，每天一隻。使我們奇怪的是牠愛近人的習慣至今未改……

（附記：一年後芬來信告知，母雞已終其天年，安葬於園中竹樹下。）

學校門外的友情

紅色的大房車過去了，黑色的小轎車過去了，一路怒吼着的跑車過去了，噼噼啪啪的電單車也過去了。他獨自走着走着，讓各式各樣的車子把他留在後面。車子經過時，留給他的是放縱的笑聲，輕佻的口哨和電單車後彩色絲巾迎風飄拂的影像。

「嗨！」

「哈囉！」

車上也有人跟他招呼，他照例微笑地揮一揮手，仍舊略顯匆忙地走着走着。車上很多都是同學，但他覺得自己跟他們有些不同。這個不同並不只是他們駕自用車回校，而自己卻要擠巴士和走路；不同還表現在其他許多方面，說不出來的許多方面……

「宋先生您早！」

「小鳳，早！」

小鳳是學校門前賣零食的小姑娘，她今年才十二歲，攤子擺在校門前的大樹下，做來往歇腳的路人生意，大學生們是很少幫她買東西的，這位宋先生卻是例外。

「你爸爸的腳好些了嗎？」

「風濕就怕天氣不好，這幾天他能起牀走幾步了。」小鳳把拖到前面來的一條微微發黃的小辮子向後一甩，拿着雞毛掃撣玻璃罐上的灰塵。

「今天還是留半磅麵包給我。」他説。

「唔。」她靈活的大眼睛瞟了這位大學生一眼，跟着靦覥地拿出了一個練習簿，上面寫了一行行的字，稚拙而端正，看來是很用心地寫的。

「寫得很好，真是個好學生。」他由衷地稱讚着。

她抿抿小厚嘴唇，用手背擦擦小翹鼻子──每逢她又高興又怕羞時就是這樣的。

中午放學時，學校附近的餐室裏就會熱鬧起來，點唱機吵得説話也要提高聲音，汽水和雪糕常常成了開玩笑的武器四處亂飛。這時小鳳的「宋先生」正從她那裏取去半磅麵包，搽點牛油或是果醬，一邊看書一邊大吃起來。他一吃就是半磅，吃的時候眼睛從不離開書本，好像他吃的不是麵包，而是書裏面的什麼東西。

「宋先生，為什麼你老是吃麵包？」有一次小鳳忍不住問。

「第一因為你的麵包好吃，第二因為我是個窮大學

生。」他微笑着説。

「大學生也會窮嗎？」小鳳不相信。小鳳到今天還沒進學校，爸爸常説：只怪家裏窮！怎麼有書讀的大學生也會窮呢？一定是騙人的。

「我爸爸在外國幫人洗碗，把手都泡爛了，我能亂用他的錢嗎？」宋先生説得很認真。

「宋先生，你媽媽呢？」

「她死了很多年啦。」

小鳳發覺宋先生的眼睛幽暗起來。她輕輕的説：「你跟我一樣，都沒有媽媽。」

兩人悄沒聲的沉默了好一會。

星期三下午沒有課，小鳳的生意也很清淡，宋先生拿着畫板，到樹下對着小鳳寫生。

「我這麼醜，有什麼好畫！」小鳳有點忸怩。

「誰説你醜，好看得很哩！哪，你隨便坐着就是了，不要太緊張。」

小鳳睜着大眼睛，微笑地看着宋先生。他的木炭枝緊張地在畫紙上移動着。

忽然小鳳吃吃地笑起來，翹鼻子上擠出了一條條的皺紋。

「有什麼好笑？」

「坐在這裏一動不動真古怪！我悶得慌，就想笑。」

「你悶得慌，我講個故事給你聽好嗎？」

「好。」小鳳咬着嘴唇忍住了笑。

「從前有個賣麵包的姑娘……」宋先生説。

「你説我，我不聽！」小鳳掩住了耳朵。

「不是説你，你聽下去就知道了──每天有個青年向她買半磅麵包……」

「這個青年就是你！」小鳳掩着耳朵笑，她雖然掩着耳朵，實在卻是聽見的。

「一天又一天，一個月又一個月，每天只買半磅麵包的青年好像變得瘦了，他面色蒼白憔悴。賣麵包的姑娘對他非常同情。她想：可憐的年青人，光吃白麵包，怎能不瘦呢！於是有一天，她偷偷切開了麵包，在裏面藏了一片牛油，賣給那可憐的青年人──不是講你了吧，還不放開耳朵！」

「那青年人吃了搽牛油的麵包，是不是胖起來了？」小鳳笑着放開了掩耳朵的手。

「姑娘以為他吃了搽牛油的麵包一定很高興，誰知他卻怒氣沖沖的走來麵包店前，大罵了姑娘一頓。」

「為什麼？」小鳳氣得瞪大了眼睛。

「原來他並不是買麵包回去吃，他是一個繪圖師，正設計一個偉大複雜的圖樣，麵包是用來擦鉛筆線的，姑娘的牛油把他設計的圖樣弄污了，他怎能不怒！」宋先生說着搓了一小團麵包擦去畫紙上一條畫錯的線。

「可憐的姑娘，她要傷心死了！後來他們怎麼了？」小鳳關心地問。

「後來？後來我也不知道了。不過我買的麵包的確是用來吃的，你在裏面搽牛油，我很歡迎！」

「你別想！我沒有這麼好心。」

這時宋先生已把一幅速寫稿畫好了：小小的翹鼻子上兩隻明朗的眼睛正微笑着看人。

小鳳爸爸的腳好多了，他常常柱着拐杖出來幫小鳳看檔。宋先生教小鳳認字做算術使他很感激，他說：「小鳳是個聰明的孩子，就可惜沒有機會讀書，宋先生肯教她，真是她的運氣。」

學校附近有個山谷，那裏的風景很好，愛繪畫和攝影的常來寫生和取景。在一個星期六的下午，把小食檔留給爸爸，小鳳陪着宋先生來到了這裏。

陽光燦爛地照着，山溪水嘩嘩地流着。小鳳戴着頂大

涼帽坐在溪邊，捲起褲管赤着小腳，輕輕踢着冰涼的流水。宋先生支起了畫架，對着小鳳聚精會神地畫了起來。畫得倦了時，坐下來歇歇，把香甜的梨兒在溪水裏洗洗，連皮放在嘴裏咬起來。

沿着溪水走來一羣同學，他們有的背着相機，有的背着畫具，有的什麼也沒有帶，卻扮得奇形怪狀，那是準備來「作狀」的小姐們。

「小宋，你躲在這裏做什麼？」

「哦，原來有女朋友在一起。」

「可惜年紀太小了些。」

「哈哈哈哈！」

他們七嘴八舌亂説了一通。

其中一個叫愛麗斯的看了看畫板上未完成的畫，尖着喉嚨説：「唷，畫得真好！」跟着她轉東轉西，作態地擺了幾個姿勢，媚笑着説：「大畫家，幫我畫一幅吧！」

「對不起，我沒有空！」

「哎呀，架子真大！」愛麗斯氣得變了臉。

「我們走吧，不要做電燈膽。」

他們亂七八糟的走了，隱隱傳來幾句：

「真是個大傻瓜！」

「怪人！」

陽光仍是那麼燦爛，溪水流得更歡，宋先生的眉頭卻緊緊皺着。

「宋先生，他們為什麼要說那些難聽的話呢？」小鳳扯了根草，一頭咬在嘴裏，一頭繞在手指上。

「一班討厭的人！」他把吃剩的梨心狠狠地拋進溪中，隨即驚喜地說：「小鳳，你就這樣坐着，不要多動！」他緊張地揮動起畫筆來。

小鳳咬着小草，看着淙淙流去的泉水，漸漸忘掉自己是在被人畫着。她記得母親在時，曾在這溪邊洗衣服，那時她也是這樣坐着，把小腳兒浸在水裏，咿咿呀呀的唱歌。但母親在病中一去不復返了，童年的歡樂減少了，她陪伴着多病的爸爸，負上了生活的重擔，日子像流水般過去，將來會怎樣呢？……

「小鳳，想些什麼？你來看，我畫好啦！」

小鳳赤着腳跑了過去。

「哎呀，你真的畫我赤着腳！」她嚷着說。

「怎麼，赤着腳不是很好嗎？」

「爸爸說，我已是大女孩子，叫我不要光着腳到處跑。」

「傻孩子！快去把鞋子穿起來，我們回家了。」

這時夕陽已西斜，樹影拖得長長的，風也有點涼了。

＊　　　　＊　　　　＊

在一個青年畫家們的作品展覽會裏，觀眾們在一幅畫前流連不忍離去。那畫上有個戴大草帽的女孩子，拖着兩條小辮子，一根小草咬在嘴裏，美麗的眼睛靜靜地看着流水，臉上的表情是天真，是純樸，有快樂的追憶，也有生活苦味的咀嚼，這是一個負擔了成人憂愁的天真少女，大家不禁對她又愛又同情，恨不得能坐到她身旁，跟她談談，對她安慰。

小鳳和爸爸也是畫展的觀眾（宋先生特別請他們來的），當他們看到這幅畫時，小鳳説：

「爸爸，是他不肯替我畫上鞋子的，這可不能怪我！」

作者補誌：

《學校門外的友情》，1959 年 2 月發表於《青年樂園》，是我擔任該刊物義務編輯之後，因來稿不足自己頂替的第一篇作品。時年 25 歲。後選入《濃情集》。

防

俊打電話來，真不巧，又是媽先接聽。

「這男人是誰？」媽曾經這樣問。

「同學囉！」我對「男人」兩字很反感。

「為什麼他的聲音這麼老？」媽不大相信。

俊今年十七歲，比我高兩班，長得又高又瘦。在學校合唱團他唱男低音，據說他和他父親的聲音一樣低沉，在電話中有時連他母親也會弄錯，把他當做他的父親，或是把他的父親當作他。

我跟俊講電話時，媽總是在旁邊停留，裝作找尋什麼，或是執拾地方，她的眼睛雖不看着我，耳朵卻是豎得很高的。

每逢這樣的時候，我總是故意把聲線提高，談談功課上的問題，不然就匆匆掛斷，待媽不在時再打。

媽今天似乎比較「通氣」，把電話交給我之後便到後面廚房去了。

我跟俊談得很開心，在學校他有個花名叫「憂鬱小生」，想不到在電話裏有這麼多的話講，而且這麼有趣，

常常引得我哈哈大笑。至於他自己,卻是從來不笑的。

不知怎麼,我們談起了鬼,談起了墳場。他說赤柱的軍人墳場環境很優美,夜間在那裏賞月看星,談人生哲理,一定有更深的體悟,說不定引得墓中人,也來參與。他問我敢不敢去試一次?

我逞強地大聲說:

「有你陪我,我哪裏都敢去!」

就在這時候,媽從廚房出來,她分明聽到我說的這一句,臉上也有分明的不高興。

＊　　　＊　　　＊

這次的感冒真厲害,先是骨痛,然後是發燒帶來的頭痛。我告假了,看了醫生,吃了藥,昏昏沉沉的早睡了。

第二天早上醒來,媽幫我探了熱,說是比昨天好多了。我吃了媽煮的粥,什麼也不想做,懶懶的躺在沙發上看電視。節目主持人在介紹情人節禮物,這才記起今天是情人節。

情人節,我沒有送卡,也沒有送禮給別人;別人也沒有送卡、送禮給我。這個節似乎與我無關。

本來情人節我也可以送一張卡給媽,她現在是我惟一的親人。在我的記憶中,我曾經有過一位爸爸。我那時還

很小，最多兩歲，我騎在他的肩膊上，他的手捉着我的腳，我手上還拿着一個氣球，我們在人叢中走着，人真多啊，我下面黑壓壓的都是人頭，現在我知道那是年宵花市。但是爸爸後來不見了，只剩下媽媽。媽媽是個舊式女人，不興這套浪漫的東西。送卡留待母親節還可以，情人節是不屬於她的，也不屬於我的。

這時門鈴響了，媽去開門，從防盜鏈的罅隙中，出現了一束黃玫瑰，是花店送來的，還附了一張卡呢。

媽問清楚送花的人，的確沒有送錯地址之後，把門關

上，細細地看了卡片上的字，把玫瑰默默地遞給我，我清楚地看到她臉上的一份憂慮。

卡片上有我的名字，也有俊的名字。中間一行字是「祝君健康！」

我的心忽地噗噗地跳起來，臉在發熱。這是我第一次收到別人送給我的花，而且在情人節。

「情人節送花給你？」媽的臉色很不好看。

「只是問候我的病罷了。」我不喜歡媽的臉色，也不喜歡她的口氣。

*　　　　*　　　　*

我發了一次很大的脾氣。

那天我放學回家，因為是考試，比平常早了一些。

我自己開門進屋，媽匆匆從我房間裏出來。她經常幫我打掃房間，收拾東西，因此我也不以為意。

可是我發覺我的抽屜曾經被人拉開過，我的信有人拿出來看過，我的日記簿也被人翻過。最明顯的證據是我夾在日記簿裏的一張書籤掉到書桌下面。

我氣得渾身發抖，衝進媽媽的房間，她不在，我又衝進廚房，她背着我，正在洗菜。

「你為什麼要偷看我的東西？」我半哭地責問。

她稍為停了一下，又繼續洗菜，沒有回轉身來。

我又衝回自己的房間，胸中的委屈使我想爆炸。我做了什麼見不得人的事了？要我最親的媽媽，來偷偷地檢查我的東西。我們之間的信任沒有了！沒有信任還談得上愛麼？

我瘋了似的拍打我的枕頭被褥，又號哭着到處亂敲亂打，我的手都敲得麻木了，腫了。

這天我把自己一直鎖在房間裏，沒有出去吃晚飯。矇矓中聽到媽來敲過門，但是我沒有理睬。我因過度疲倦，沒有換衣服便睡着了。半夜醒來去洗手間，見飯桌上還放着我的碗筷，還有用碟子蓋着的小菜。

第二天，我買了一隻小小的洋鐵箱回家，把信件、日記、照片、小禮物都放了進去，然後加上一把大鎖，放到書櫃頂上去。

我們家裏只有兩個人，可是我竟然買了一把這麼大的鎖，不是防範別人，而是防範我至親的媽，我這樣做，究竟對不對呢？無論如何，這樣偷看我的信件、日記，是對我的不信任，傷害了我的自尊，傷害了我的感情，我不想再受一次這樣的傷害。

我和媽之間的溝通越來越少了。我知道她寂寞，爸走

之後她就寂寞了這許多年。如今我又總是冷冷的對她，我知道她會覺得難堪，而這正是我所期望的，誰叫她做出這種討厭的事來？這是自作自受，應有此報。

我曾聽見她對她的一位好友説：「只怪我太信任男人，結果被我最信任的男人騙了！」

如今她是什麼人也不信，包括自己的女兒在內。媽，既然你不信我，又怎能怪我對你冷漠？

＊　　　　　＊　　　　　＊

俊的電話比以前少了，我知道他正忙着準備考試。是不是媽在電話裏對他說過什麼，使他害怕打電話來？有時我打電話去，他母親的口氣也很不友善，所以我也不想討這樣的沒趣。天底下的母親，為什麼總是這麼害怕兒女結交異性朋友？

＊　　　　　＊　　　　　＊

同學阿潔生日，她的父母都不在香港，陪她的只有一位菲傭，便約了一班同學到家裏慶祝。

阿潔的家地方很大，交通卻不方便。

我們嘻嘻哈哈的大玩一頓之後，才知道已經是深夜一點。巴士早已停開，的士也極少上來。於是阿潔請大家留宿，她家有的是地方。

同學們紛紛打電話回家，我也撥個電話告訴媽，電話響了四、五下沒有人接，我猜她已經睡了，便不再打。我這麼晚不回家，她一樣睡得着，看來她也不是怎樣的緊張我了。這樣也好，我在感情上可以有更多的自由。（後來我才知道當時媽正在洗手間，到她趕出來時電話已不再響了。）

第二天我一早趕回家。別人家裏再舒適我也睡不好，

我還是喜歡自己的牀和枕頭，我還要抱着我的小灰熊，才能睡得香甜。

我靜靜地用鎖匙開門進屋，廳上沒有人。飯桌上有媽留的字：

「廚房有粥。」

不知為什麼，我忽然鼻子一酸。我早上最喜歡吃粥，尤其是冬天，喝一碗粥，全身都暖了。夏天用蘿蔔乾、豆腐乾送潮州粥也不錯。媽這麼早就為我把粥煮好了。

我看到電話旁邊有我的一本地址簿打開了，她昨晚一定翻過許多次了，可是上面偏偏沒有阿潔的電話。她的電話太容易記，我已經記在心中，因此沒有寫在簿上。

沙發椅上有未織完的一件通花短褸，昨天我出門時還只有巴掌大，如今已經差不多完成了。媽一定是整晚織着等我回家。

我悄悄地走進媽的房間，見她和衣側身睡在牀上。雖然是睡着，卻還皺着眉頭。

大概我好久沒有仔細地看過她了，為什麼她顯得這樣的老？鬢邊有整綹的白頭髮冒出來了。鼻的兩側有深深的苦紋一直拉到嘴角。是不是她正在做什麼惡夢？為什麼眼角還有一絲淚痕？

媽的眼睛忽然張開，當她看到我站在牀前時，連忙掙扎起身，一面穿拖鞋一面說：

「廚房有粥，我去盛給你。」

媽，我整晚沒有回家，累你擔心，累你沒有好睡，你為什麼不罵我，還要煮粥給我吃？

「媽，你睡吧！粥我自己會盛。」我硬把她推回枕上，觸手處我覺得她瘦了，肩膊上、手臂上都是骨。

我的心裏一陣酸，一陣熱，我忍不住緊緊的摟着她，把我的臉貼在她的臉上。眼淚像小河似的，從我臉上流到了她的臉上。

我把那小鐵箱上的大鎖拿掉了。以後我會跟媽多談心事，如果她明白我，又何須到我的抽屜裏、箱子裏尋找秘密！

委 屈

　　童年，如煙、如霧、如夢；但透過煙霧的空隙，浮現在如夢的一切之上的，卻有分明的委屈。

　　委屈，是心上的創痕，它們有大有小、有深有淺、有新有舊。童年的委屈只是些微小的傷口，它們都已結了疤，但按上去似乎仍有痛的感覺……

　　那是一個春風吹，紙鳶滿天飛的季節；連電線上、大樹上也都掛滿了紅紅綠綠的紙鳶屍骸。這時母親們的線轆最容易失蹤，因為不是每個孩子都有錢買玻璃線的。早上被關進課室時，我們只能從窗口偷看外面天空的大戰；一放學，那就個個都成了朝天眼，仰着頭，隨着走，貪看風箏而踩進泥塘、撞到木柱那是常有的事。

　　「跌啦，跌啦！斷線啦……」不知是誰先發一聲喊，四面八方，幾十隻小腿兒，奔向同一的方向，那裏正有一隻打敗了的風箏，飄飄盪盪地向下墜。

　　我跑掉了一隻鞋子，膝頭上弄破了一塊皮，但卻一點也不在乎，因為那風箏剛好掉在我的手上。我高興得像獲得了一件珍寶，興奮地把它高舉在頭上。

但忽然，是誰在我後面一搶，我本能地把風箏抓緊了，「嗦啦」一聲風箏爛了，我手裏只剩了一條竹篾和一些破紙。我氣紅了眼睛，回頭一看是小牛，怒從心上起，照他的面就是一拳，這一拳沒有打到，兩人卻扭在一起了。你揪我的頭髮，我扯你的衣服。旁觀的孩子們也不看風箏了，因為打架要好看得多，他們站在一旁吶喊助威，呼聲震耳。

「住手！」像響雷似的一聲叱喝，使我立即放鬆了手。

「回去！」爸爸在前面走，我抹着眼淚在後面跟。

「是他不對，他為什麼搶我已經到手的紙鳶？」我準備回去把理由說給爸爸聽。一回到家裏，爸爸就關上了大門。

「跪下來！」我到今天還記得他鐵青的臉。

但我還是站着。

「啪！啪！」他打了我兩巴掌。

我哇的哭了。跟着是一頓雞毛掃，直到媽媽從爸爸手裏把雞毛掃搶去。

我忽然不哭了，緊閉着嘴唇，鼻翼呼呼的搧動着，我按着自己的嘴，強忍住一聲聲的嗚咽，自己站在門角裏。

這天我沒有吃晚飯，媽媽來拉過我好幾次，她把飯搬到我面前要親自餵我，她用各種的話來勸我，她說要買一

隻紙鳶給我，還有一大卷玻璃線。但我緊閉着嘴唇站在那裏，不説話也不哭。我那時真有決心在那裏站一世。

夜了，爸爸睡了，媽媽在歎氣，但我還站在門角裏。

我站得疲倦了，也開始感到瞌睡。媽媽強把我拉上牀，但我從牀上跳下來仍舊站到那裏去。時鐘打了十二點、一點，媽媽也上牀睡了。我沒有聽到打兩點，第二天早上醒來時已經在牀上，是我倚在牆上睡着時，媽媽把我抱上牀的。

這天我一聲不響的吃了東西，一聲不響的上學去。放學回家時，我看見枱上有一個漂亮的紙鳶，還有很大的一卷線。媽媽笑着説：「爸爸買給你的。」但我碰也沒有碰就走進了房裏。

從那次起，我再沒有放過風箏。

＊   ＊   ＊

爸爸媽媽都不在家，我也閒着沒事做，就到廚房裏拿了一把掃帚，掃起地來。心想：一會兒他們回來，看見我把地掃得這麼乾淨，一定很歡喜，會稱讚我的。我掃得很仔細，枱凳下面掃不到的地方，就把枱凳移開來掃；甚至連牀底下也掃到了。

忽然，長長的掃把柄碰到了什麼，乒乓！一隻花瓶掉

122

在地下打碎了，水流得遍地都是。我的心一下子縮緊了，
無法彌補的過失！花瓶雖不太貴，但爸媽一定會罵的。我
震抖着手，收拾地上的碎片，就在這時爸爸媽媽一同回來
了。他們根本沒有留意到已經掃乾淨的地面，只看到那隻
破碎的花瓶。

「你怎麼這樣頑皮！我們才離開一會兒，你就把花瓶
打碎了。」媽媽説。

「廢物，將來一定沒出息！」爸爸的話像一把尖利的
小刀。

「是我掃地時不小心碰倒的。」我軟弱地解釋。

「歇歇吧，少爺！以後不敢勞煩你了。」又是另一把
小刀。

這天晚上我的眼淚把枕頭都流濕了。我那時的年紀雖
然還小，但由於家庭經濟環境的拮据，我也分擔了成人的
憂戚，顯得特別懂事，而且感情上很敏感。我一面流眼淚
一面想，終於得到了一個決定……

從第二天起，放學後我就偷偷地四處拾破罐和廢鐵，
收集到一批後，就賣給收買佬，雖然那是很低很低的價錢，
但那怕是得到一角錢，也就夠我歡喜的了。我已經在一間
賣花瓶的店裏，看到我打爛的那隻花瓶值多少錢。一等到

我的錢儲夠，就要買它一隻。

我每天上學放學從這間商店經過，總要看看這隻瓶——僅有一隻哩！看它有沒有被賣掉。因為看慣了，只要隨便一望，就看到它還在老地方。有一次，我向老地方望去，瓶子竟不見了，嚇了我一大跳，以為被別人買去了。再仔細一看，原來被搬到了另一格，才又放了心。

終於，我的錢和那花瓶的標價相等了。我震顫着把一個半月積聚的錢交給了老闆，換到了那隻瓶子。

我飛也似的奔回家裏，爸媽已在吃飯，他們咕嚕着怨我吃飯也不知時間，這麼遲才回來。我顧不得答辯，打開了包裝紙，把花瓶拿了出來，擺在原來的地方，裝作平靜地説：

「我打爛了花瓶，現在買一隻賠給你們。」

爸爸媽媽都驚奇得一時停住了筷子。

「你哪來的錢？」媽媽問。

「拾東西賣給收買佬。」我簡單地答。

爸爸用奇異的眼光看了我一下，隨即大家沉默地吃飯了。那碗飯他沒有吃完就放下了，我看到他燃着香煙坐在天井的暗角裏，很久很久，只見他凝然不動的影子和手上香煙的一點紅火。我的心情卻很愉快，我知道父親為什麼

吃不下那碗飯，我認為他是被我打敗了。

的確，從這次起，父親罵我的次數少得多了。

$*$　　　$*$　　　$*$

「媽，老師説最遲今天要交學費了。」我哭着聲音説。

「我已經叫你爸爸向公司借，今天連買菜的錢也不夠了。」媽媽鎖着眉頭。

「還有校服，同學們都有了；老師説，再不穿校服就要罰。」

我勉勉強強的回到了學校，一走進校門就碰見搶我風箏的小牛。他豎着手指嚇我説：

「哼，不穿校服，老師罰你！」

我向他做了個不屑的表情，但一眼看去全校的同學都穿的是校服，不由得我不吃驚。

上課了，我心亂如麻，但願老師病了不能來。

但他還是來了，大家起立鞠躬行禮。他一眼就看到我穿的不是校服，臉色顯得很不高興。

「何志平，出來！」還好，叫的不是我。原來何志平也沒有穿校服，我現在才看到，那麼我也逃不掉了。我的臉刷的白了，低着頭看桌面。

「李克勤，你也出來！」果然，下一個就是我。我的

臉由白轉紅，兩隻耳朵燒得很厲害，眼前的東西突然模糊了，淚水已充滿了眼眶。我低頭走了出去。

「學費帶來了沒有？」老師問。

「媽媽說明天交。」何志平回答，我聽到他的牙齒在打震。

「你呢？」我低着頭，但我知道老師是問我。

我搖搖頭，因為我知道一出聲就會哭出來。

「全班不交學費、不穿校服的就只有你們兩個，不罰你們也不行。」他把我們推到了牆邊，使我們背對着全班。

我的眼淚不住地向下流，有的滴在衣服上，有的滴在地上，那簡直是一條小河呀，我要忍也忍不住。我恨媽媽，也恨爸爸，別人家的孩子為什麼都有校服穿，有學費交，我卻沒有！

好容易等到下課，同學們都離開課室到操場去玩了，只剩下我和志平。

我回到座位上，拿起我的書包，往課室外走。

「你到哪裏去？」何志平問。

我沒有答他，一口氣就奔到了家裏。媽媽一見我回來覺得很驚奇，我把書包一拋，迸出了一聲：「我不讀書了！」就伏倒在牀上，哀哀地哭起來。媽媽已知道是什麼一回事，

她老是勸我說：「爸爸回來吃午飯的時候就有錢了。」

爸爸中午回來了，但卻沒有帶錢回來。

「借不到？」媽媽問。

「沒有借，」爸爸的表情很陰鬱，「有人借過，沒有希望。」

「你也試試嘛！」媽媽說。

爸爸再沒有說什麼，吃了飯他叫我背着書包跟他到公司去。

爸爸把我留在一間會客室的房間裏，我見他推開一道寫着經理室的門，走了進去。

「……」我聽得出是爸爸的聲音，但不知說些什麼。

「公司的生意不好，你不知道嗎？」一個響亮的聲音，我知道這是經理。

「……」爸爸又不知道說了些什麼，他的喉嚨為什麼這樣小哩？

「你也借，他也借！公司哪有這麼多錢！」經理在發脾氣了。

不久，爸爸走了出來，我見他面孔漲得紅紅的，樣子很怕人，但卻很溫和地對我說：「你先回家，晚上我帶錢回去。」

　　我失望地走出會客室，爸爸在背後説：「過馬路當心車子呀！」

　　晚上，爸爸回來了。那時正是冷天，爸爸穿在身上的一件厚絨上衣卻不見了。媽媽驚叫着説：「當心凍着呀，你的衣服呢？」隨即在衣櫥裏找了一件給爸爸。

　　爸爸拿了一些錢給媽媽，又把一包東西遞給我説：「明天交學費吧，這是剛替你買的校服。」

　　忽然，我一切都明白了。爸爸把最新的一件西裝當了，為了我的學費和校服。我看看他，似乎比以前憔悴多了。我接過校服，他臉上露出輕鬆的神色，對我説：「試試看，合不合身。」

　　忽然，我的鼻子一酸，捧着紙包嗚嗚的哭了起來。爸爸愕了一下，但隨即明白了，他把我拖過去，撫着我的頭，連説：「好孩子！別哭！」

　　但我哭得更厲害了，我想起經理的喉嚨，我想起老師的處罰，我想起我恨過爸爸媽媽，而我現在又是那麼的追悔。我那時才知道，受委屈的不只是我，還有媽媽和爸爸，受委屈的竟是我們全家呀，我更傷心了！

作者補誌：

　　《委屈》1959 年 5 月發表於《青年樂園》，後來被教育署的課程部門節錄。其中三分之二選入初中統一教材，所以當年的初中生都讀過此篇。後選入《濃情集》。

我一點也不怪他

又是寄聖誕卡的日子，每年我都會寄出一大批。

這一大批都是我細心挑選的——我有的是時間。

我有的是時間，因為我不用上學，也沒有工作。

還有，我不知道我還有多少次機會寄聖誕卡。說不定今年便是最後一次。

在這許多細心挑選的聖誕卡之中，有兩張是我最喜歡的，一張送給媽媽，一張送給他。

他已經不再打電話給我，那每日最少一次的可愛的鈴聲已不再為我而響。他也不再寫信給我，那熟悉的字跡每次都帶給我很大的喜悅，如今，我已不再盼望郵差來臨。他已不再約我，不再約我到尖東的海旁散步，不再約我看電影，不再約我喝下午茶，當然也不會約我一同去看節日的煙花。

因為他曾經對我說過對不起，他說我們的關係已不能再繼續下去，因為我們的愛情不會有結果。

不會有結果！我知道得比他還清楚。會有什麼結果呢？對一個患了地中海貧血症的病人來說，能盼望有什麼

結果？

　與我同年齡的病友，都已經先後離開了這個世界。我們本該都是長不大的一羣，而我居然倖存了下來，醫生在背後對人說，我是幸運兒。更幸運的是，我居然還碰上了愛情。這甜蜜的愛情喲，使我的日子充滿了陽光，充滿了彩色，充滿了花香。

　他在醫院裏工作，而醫院是我的第二個家，我經常地看醫生，做檢驗，打針，換血……我們在醫院裏認識了。他靦覥羞澀，很純的一個男孩子。不過他的膽子並不小，有一天，他塞了一張字條給我，約我去看戲。我的心怦怦地跳起來，每分鐘起碼有一百八十下——我的最高紀錄曾超過二百下，因為我的心有病。

　我們一同去看了電影。

　自從這一次之後，我們有一段很快樂的日子。

　在這許多難忘的日子中，最難忘的是那一夜——

　醫生要我到 G 醫院去做個心臟檢驗，不是普通的心電圖，是要把儀器配戴在身上，經過一個比較長的時間，看它的搏動紀錄。

　這個晚上我要住在醫院。

　我的房間是雙人房，另一張牀空着，因此房間裏只有

我一個，而我是怕黑的。

我要求醫生讓媽媽夜間來陪我，可是政府醫院並不提供這樣的方便。

他來看我，知道了我的害怕。

他說：「讓我來陪你。」

我說：「醫院不允許的。」

他說：「我在樓下花園的涼亭裏陪你，你睡不着，只要走到窗前，就可以看到我。」

他站在窗前，指給我看下面的亭子。

我說：「夜間這麼涼，你會感冒的，我不要你陪，你快回家去吧！」

過了探病的時間，在護士的催促下，他走了。

身上佩戴的儀器，使我很難入睡。旁邊的空牀，常使我產生上面有人躺着的幻覺。我終於忍不住披衣起牀，站到窗前。

不太明亮的燈光下，我看到了一個男人的影子，他正站在涼亭邊，向我這邊仰望。

我搓了搓眼睛，怕是一個幻影。可是他仍站在那裏，並且向我揮手。

我輕輕喊了一聲他的名字，雖然我知道隔着窗玻璃，

他根本聽不到。

　　我也向他揮手，但是他的影子越來越模糊，像是用脫色墨水繪的人像，遇着水點化開了，這水點正是我眶中的淚。

我把眼淚抹了又抹,後來我見他揮手示意叫我去睡。

我聽他的話回到牀上,不知什麼時候讀過的一句詩來到唇邊,我唸了又唸:

「為誰風露立中宵……」

我終於睡着了,醒來時天已大亮。牀頭几上有一朵帶露的玫瑰,大概是他在園裏偷摘的,下面還有一張字條,寫着:「我要上班,不等你睡醒了。」

我比以前更聽醫生的話,我每天為自己打針,特製的針筒每天要留在身上十多個小時,讓針藥緩解我身上沉積的鐵質。我乖乖的吃藥,從來不要媽媽費唇舌,也不要任何人提醒。因為我比我從前任何時期,更想好好的活下去。

不過我從來不曾奢望要和任何一個男孩子結婚,我甚至預感我的愛情會比我的生命更為早夭。

我的估計沒有錯,在以忙的理由減少了和我的接觸之後兩個月,他向我說了對不起。

他說得很支吾,但意思是清楚不過的,他要離開我。他向我道歉,很真誠的樣子,甚至還流了淚。

不知為什麼,我居然沒有哭,或許這情景早已在我心中出現過多次。我給他一片紙巾,他醒了醒鼻子,偷眼看我,我給他一個微笑。

　　我自己也不知道為什麼，心裏一點也不恨他，或許我覺得，他的決定是對的，如果我是他，恐怕我也會這樣做。

　　後來有一天我在街上，碰見他拖着另一個女孩子的手。他看見我，連忙把手鬆開，慌亂地為我們介紹。我沒有聽清楚那女孩的名字，那女孩給我一個善意的笑，我也以善意的笑回她。

　　他們走了，我也回家，回到家裏才發覺，把新買的一件衣服丟在巴士上。

　　後來他離開了那間醫院，我便沒有再見過他。

　　我沒有再寫信給他，但我沒有理由不寄聖誕卡給他，因為他始終是我最好的朋友，至今還沒有誰能代替他。我為他心中的歉意感到抱歉，我想告訴他，我一點也不怪他，真的，一點也沒有。不過，讓他感到抱歉也好，或許就因為這樣，他才不會把我完全忘記。

散文篇

千里傳情

女兒在外地讀書的時候，家人生日，總不忘寄張賀卡回來。

賀卡總是及時寄到，這當然是「早有預謀」，一早把卡買好，算準了日子寄出。

賀卡上的圖文都極有講究，這當然是精挑細選的結果。她還在上面加上自己的補充，做到圖文並茂，完全地切合自家的情況，就像修改成衣，合襯得如度身訂造。

如今到最小的兒子到外地讀書，他母親生日前夕，卻不曾收到他寄來的賀卡。我想也許那地方賀卡難買，也許他把母親的生日忘了。因為我們是舊曆計算，身在外地，與舊曆自然會脫節。

可是他母親生日那天的早上，小兒子打來了電話，是利用課間的空隙打來向母親致賀。可惜他母親剛巧去了銀行。

原來他並不曾把母親的生日忘記，而是選擇用電話直接祝母親生日快樂。這天晚上我們全家外出吃飯慶祝，怕小兒子再有電話來，所以一批人先去，他母親在家多等一

會才走。

可是電話終於沒有來，他母親有點怏怏，算時間他那邊已是深夜一時，小兒子應該好夢正酣。她歎息早上沒有在家接到那個電話，下午又要上班，小兒子已沒有適合的時間再打電話來。

晚飯之後回到家中，坐下不夠十分鐘，電話響了，我連忙去接，果然是小兒子帶渴睡的聲音。我把它交給老妻，讓她接受數千里外傳來的祝福，來自深刻地思念她的兒子。

我算算時間，正是那邊凌晨三點半鐘。

這傻孩子是整晚不睡，還是校了鬧鐘？

面山居隨筆

卜居

君默先生有「半山居」，雖然不曾造訪，卻從文字中心儀日久了。兆祥先生有「野鴿居」，卻是不但造訪，並且嘗過他親手種出來的番茄和生菜了。

我有更多的理由比他們更嚮往鄉居生活，因為我的童年是在鄉間長大的。我親手種過棉花、花生、茄子、豆角、玉蜀黍、韭菜甚至芝麻。我是農民的子孫，對土地有一份特別的眷戀。再加上我的年齡，也漸漸進入歸隱林泉的階段。

於是我開始物色合適的村屋。

我到過荔枝莊，要赤足涉過海灘的淺水，才找到藏在山窩裏的房子。沒有自來水，沒有電燈，每天只有一來一去兩次小輪。似乎只適合逃犯隱居，老僧苦修。對塵緣未了的我，未免太過與世隔絕。

偶然的機緣帶我探訪北大刀岃南麓的一個小村，汽車不能直達門前，下車後要在小徑上步行五分鐘。正是雨後，

小徑旁桔樹和白蘭發出清香，沿途雞鳴犬吠，有疏落人家。

來到門前，見一小園，龍眼結實纍纍，沉甸甸的樹枝彎到園外，舉手可摘，卻沒有人摘，說明了鄉情的美好，治安的太平。

樓高兩層，登樓於露台遠眺，眼底一片平坦，遍植桃花苗，可以想像年底燦爛風光。目光盡處，一山巍然穩坐，氣象宏偉，原來是香港最高的大帽山。山間隱約見白練一條，想是梧桐寨羣瀑之一。此時清風徐來，心神俱爽，卜居於此之意遂決。

巡視一周，發覺屋內牆壁剝落殘破，屋左小園野草蔓生，亂磚堆積，購置後當有一番整修，正可勞其筋骨，出力出汗，又多一番生活體驗也。

何紫兄命於《陽光之家》闢一新欄，乃東施效顰，名此村居為「面山居」，而名我新欄為「面山居隨筆」，專記村居雜事。希望筆端能帶出一些山野之氣，沖淡一下這個都市的俗氛也。

推車記

裝修師傅留下了一部木頭車，是裝修期間替我買的，

他先用，然後留下來給我用。

我的村居大路不經，汽車只到村口，由村口到我家要步行五分鐘，是一條可行單車的水泥小路。汽車不能到門前，當然帶來許多不便，送家具的伙計推着木頭車走了一趟又一趟，便說了不少怨言。可是卻又因此隔絕了汽車的死氣、噪音，以及交通意外的威脅，這正是我最喜歡的。

裝修之後留下了不少垃圾，還有前屋主留下的廢物，再加上新購家具留下的紙盒，都需要用木頭車推到村口的垃圾收集站去，這差事由我來擔當。

為了想少走一轉，我把木頭車堆得很滿，試一試，似乎並不難推，於是就此上路。出門不久，由於路不平坦，車上的廢物便漸漸移動位置，變得歪歪斜斜。這一斜便帶歪了我的視線，以為是向前直去，卻把木頭車推進了路旁的小溝。要把車上的東西一件件拿下來，把車從小溝裏拉上來，再把東西一件件重新裝好，再上征途。

當我狼狼地在小路上這樣做時，妨礙了鄉人的正常來往，他們要小心地從我旁邊繞過，這使我要不停地向他們說對不起。

而附近兩間村屋的狗，見我是陌生人，又不知搬來搬去做什麼，便在鐵絲網裏面狂吠，擾攘得給全世界都知道

我的無能，連推木頭車也推不好。

可是我終於重新上路，這次小心得多，寧願慢也不要出錯。

路似乎變得長了，平日五分鐘的路，今天老是走不完，汗早濕透了我的襯衣，臉上的汗使眼鏡從鼻樑滑落，要用手臂去抹，因為匆忙間沒有帶毛巾或手帕。

平安到達垃圾站，把所有的廢物卸下，推一架空車回去真輕鬆。不過因為車子沒有重壓，跳動得很厲害。而且發出頗響的噪音，又引起沿途犬隻以熱烈的吠聲相迎。

車至半途，忽覺兩手虎口作痛，停車察看，才知道已磨出了兩個水泡，其中一個已經穿破，流出血水來。

可憐的書生，連木頭車也推不好。不過不要緊，就讓我從推木頭車學起吧。

昆蟲記

村居最多的昆蟲是蟻，大蟻小蟻都有。大蟻居於庭院，小蟻居於房舍。

小蟻的騷擾比大蟻更甚。有一天早上，我妻煮即食麵當早餐，發覺麵中滿是螞蟻屍骸，只得把麵倒掉。懷疑是其中有半包拆開的麵，被螞蟻侵入。到中午我們又再煮麵，全是未開封的。妻說這次可以放心吃了。我拿起碗來一看，死螞蟻比早上更多。想不到牠們竟能在麵袋上找到隙縫鑽進去。

對於我來說，是兩餐都吃不成，要跑到遠遠的市鎮去吃；對於牠們來說，卻是犧牲了不少性命。我還有什麼可以抱怨的？

晚上電燈一開，紛紛來作客的是種種式式的蛾，像開舞會似的成羣在燈下旋繞。

驅趕的方法是把房間的燈熄掉，把露台的燈亮着。牠們就會一隻隻翩然離去，到露台上繼續表演牠們的火之戀

圓舞了。

廊下的牆上，只要燈光一着，就會出現五、六隻蜥蜴。牠們靜靜地等待，碰到有小蟲為燈光所誘，歇息在附近，便迅速前行，接近獵物，然後電光火石地把舌一吐，小蟲便被捲入口中，可説是百發百中。這些小小的爬蟲類動物，形態習性和我在鱷魚潭所見大鱷頗有相似之處。這又使我想起了香港的股市，千百小投資者的命運，與被燈光所誘的小蟲固亦相似。

庭中有龍眼一株，是石硤名種，葉濃幹老，當造時結實纍纍。幹上經常歇息七八隻罕見昆蟲，喙長如象鼻，翅膀上有褐色斑點，靜止時如一隻隻孔雀，稍一碰觸即急飛他處，飛時可見四翼，又像蛾蝶之屬了。市政局出版的《香港昆蟲》一書，就以牠做封面，芳名「龍眼雞」是也。

偶見牆腳有泥做小壺樣的東西，肚闊而開有小口。試搗破之，裏面有小蟲二，一生一死。生者不知是哪種昆蟲的幼蟲，死者卻是成蟲為牠留下的食糧。當然這是一宗謀殺案，為我們所搗破。不過自然界弱肉強食乃天經地義，上帝的律法既然准許牠們如此做，我們又有什麼權力去阻止？

龍眼、黃皮

當日決心買這幢村居，門前園子裏的龍眼樹和黃皮樹是一大吸引。

第一次去看屋子的時候，黃皮正熟，屋主隨手折下一枝叫我嘗，入口清甜，一點酸味也沒有。

第二次去看屋子的時候，龍眼又熟了，結實纍纍。屋主又是隨手折下一枝叫我嘗，顆大肉厚，甜而不膩。

「是正宗的石硤呢，種了十多年了。」屋主撫摸着樹幹，很不捨的樣子。

想像今後年年都可以隨手從樹上摘果子吃的美事，屋子就在那天一言為定，轉讓給我。

自此一碰到對果樹和園藝有認識的朋友，我就會向他們請教，問他們如何剪枝，如何施肥，如何驅蟲……

幾棵樹都種在園子邊上，因此有小半邊枝葉長出園外，到結果子的時候當然也有不少果實長在園外。園外小路上常有送貨人騎單車經過，他們高高的坐在車上，樹上的黃皮、龍眼隨手可得。

本來這並不值多少錢，讓他們吃幾顆果子也算不了什麼。可是有一天鄰居對我說，黃皮也好，龍眼也好，果子

熟了，要摘便整棵樹同時摘，不
要今天摘幾顆，明天摘幾顆，
這樣零零碎碎摘下去，不
需三五年，果子便越來
越少，越來越小，最後
整棵樹都壞掉。

我聽了大驚，
因為園子裏面的
還可由我控
制，園子外
面的卻無法
禁人採摘。
鄰人建議我
把園外低垂
的枝條鋸掉，我只得照辦。

一想到來年果子熟時不能隨時採摘了往
嘴裏送，頗覺掃興。一下子把整棵樹的果子摘下來又怎
麼來得及吃？屆時只得分贈親友了。

我不知道隨意採摘為什麼會影響整棵樹的健康和質
素，是不是對於果樹母親來說，長痛不如短痛，一整批的

離去，猶勝於連綿不絕、一次又一次割捨的痛楚？

有情人看萬物皆有情，因此我頗相信我的這番解釋。
你呢？

藤纏樹

村居西面的山坡上長滿野草雜樹。其中有幾棵樹被攀緣植物蒙頭蓋臉的纏着，滿身披掛，不見天日，也不知是生是死。

別看這些攀緣植物柔弱，它們像蛇似的到處爬，只要幾個月不理會，它們就會從籬外爬進天井，又會從一棵矮樹上攀登我家的屋脊。

被它們密密纏繞的兩棵樹，一高一低。低的像新年或喜慶節日表演的北獅，昂首作勢；高的卻像披紗的天魔女在作迴旋舞。這藤纏樹形成的自然姿態，也可算是村居一景。

攀緣植物之一是牽牛花，那高的一棵樹有二丈來高，牽牛花也照攀這個高度，使這棵樹開得滿身的喇叭。天魔女的鬢邊也出現了紫色的點綴。

或許我憎厭它們的依附成性，又不喜歡它們像侵略似

148

的一步步爬過去，最後完全把人家吞掉。我很同情這兩棵被藤困擾的樹，希望那些藤總有一天會枯，讓久受綑綁束縛的樹重見天日，再伸展它們的枝椏，再長出它們的綠葉，再開出它們自己的花。

古詩文中，把菟絲與女蘿一類蔓生植物纏繞樹木的情況，比喻作男女結成婚姻。女的嫁了人，便算是「絲蘿有託」，這和從前女性的依附地位有關，現代女性該不喜歡這樣的比喻。講恩愛寧可是「願為連理枝」了。

大概「比喻」類的修辭，也是各取所需。攀緣植物纏繞樹木的情況有許多種，其中也有並不嚴重影響被寄託者的生態的，我們把它們的關係看得浪漫些、美麗些還不妨。像西面山坡上這樣的惡作劇式的纏繞遮蓋，其實是大自然界的一種生存鬥爭，貌似強大的樹木已經輸給看來柔弱的藤蘿。不過民間歌謠中卻仍有把這現象比喻作抵死纏綿之愛的，在惡劣環境下仍相愛不捨，要像藤纏樹般至死不放。西坡被覆蓋的樹木如果知道人家如此看待它們的處境，當會苦笑吧。

晉叔

村居的園子本來圍着鐵絲網，經歷多年，部分已經破爛傾倒，由鄰居介紹晉叔幫我修整。

晉叔矮矮的個子，光光的頭，看上去快六十歲了，但身體壯實，腰背挺直，一副能幹的樣子。

村居除正屋外，還有幾間石棉瓦頂的房子，我想把它們拆掉，使園子變得大點。晉叔惋惜地說：

「好好的房子，拆掉不是太可惜了嗎？」跟着他又補充說：「這房子是我起的，很堅固呢，打風也不怕。」

我聽出他話中的感情，房子是他造的，他不願意好好的卻被拆掉。

我說：「不拆就不拆吧，留來放農具雜物也好。這村子哪些房子是你造的？」

他一面攪和着水泥一面說：「大半條村的房子都是我造的嘛！」語氣中帶着自豪。

我們正談着，一個小孩走過來對他說：「爺爺，豬婆生仔啦！」

我才知道路口那排豬欄原來是他的。養豬絕不是輕鬆的工作，要不怕髒不怕臭。做完一日辛勞的建築泥水，還

要回去餵豬，那就更折磨人了。

一班年輕的朋友要來我村居燒烤，我只有一個燒烤爐不夠用。晉叔説他自己做了兩個，可以借給我。

我到晉叔家裏取爐，發覺走廊上放了兩個新衣櫃，已完成大半，手工相當精美。原來是晉叔跟大兒子合手做的，用作大兒娶親後新居之用，看上去跟家具店裏幾千塊一件的無大分別。

舊曆年前有一天回村居，見晉叔在一個頗大的果園裏採桔，一對對的大桔，有枝有葉，可以賣到很好的價錢，園裏結實纍纍，可以採得幾百對，我想不到這果園原來也是晉叔經營。

晉叔每天幫我開工，都在上午十時左右才來。鄰居告訴我，他每天一早還要幫妻子一道在墟市賣菜，賣完幾擔菜才回來。

建築、養豬、造家具、經營果園、賣菜……晉叔究竟還有多少營生，恐怕還是一個謎。

後山鳥夜啼

從晚上六點鐘起，便聽到後山有一隻鳥兒在叫。

叫聲很特別，我以前從沒有聽過。一共只有三個音，我聽起來是 DEE-DAVID，我妻卻聽出另外三個字。鳥叫也好，舊式火車的車輪震響也好，你心裏想什麼，那聲音便可以像什麼。

這鳥兒叫得最特別的地方是每隔一秒鐘便來一次，好像永遠不需要休息，也不必去喝點水潤潤喉。

我們午夜就寢，枕上還聽到牠一聲聲的叫喚。睡夢中醒來，萬籟俱寂，牠的叫聲更為清晰。

這後山是一片叢林，牠大概棲息在某一棵樹上。在這寂寞的深夜，牠為什麼這樣一聲連一聲的叫喚呢？

聽牠的叫聲，不像啼血的杜鵑，嚷着不如歸去。也應該不是整晚因寒冷而哭泣的寒號鳥，因為天氣並不冷。

我的鳥類知識貧乏，無法從叫聲辨認牠的身分，也不知道牠這樣叫是在訴說牠的寂寞，還是在徵求一個友伴。但空山寂寂，牠並沒有獲得任何回應。

牠的叫聲，竟使我們一時難以入寐，失眠了好一會兒。

我心中甚至幻想牠是一隻用電子控制的機械鳥，因為只有機械，才能夠如此不知疲倦地連續發出聲音。這機械鳥是某個陰謀集團，製造出來騷擾敵方的安眠的。大概因為近來看了好幾本衛斯理，才有這麼奇特的想像力。

第二天早上醒來，窗外已陽光耀眼，各種不同的鳥鳴聲叫得一片熱鬧，卻再沒有那每隔一秒便響一次的「機械鳥」的叫聲。

牠終於休息了吧？我想。

這天晚上我們回村居較晚，才到村口，已經聽到那熟悉的聲音，這方圓數里的地方，都響徹了牠的叫聲。是那麼的固執，好像一定要把什麼叫喚出來似的。

未謀面的朋友呀，你要叫喚到幾時？

香花菜和野草

我在園子裏種了一畦香花菜。香花菜也叫薄荷葉，只要摘一片在鼻端嗅嗅，便聞到很濃的薄荷香味。

香花菜可以炒來吃，但是很大的一紮，炒起來只有一小碟。清炒似乎有點味寡，跟雞蛋一齊炒，是理想的配搭。

不過它的薄荷味實在太濃了，多吃幾次便會生厭。或許它更適宜做配料，據說越南菜館的許多菜式都用它切絲作配搭。

香花菜很容易繁殖，它的莖匍匐生長，莖上會長出根鬚，每隔三數寸便有一撮。根鬚鑽入土中，莖上又會長出

153

向上的新莖和嫩葉。鄰居給我十來棵做種，很快已蔓延成一小畦，自己吃不了這許多，便摘了分給愛吃的朋友，他們想吃也不能常常購得，因為街市上少見出售。

有一次，我在田中摘取香花菜時，發覺其中雜生着一種野草。葉的形狀近似，只是香花菜葉上皺紋較多，它的皺紋較少。摘一片聞聞，卻因為我的手上早染了薄荷的氣味，那野草的葉子居然也有一點薄荷香味。後來我發現香花菜的莖是紫色的，這野草的莖是綠色的，便專找綠色的莖，一棵棵把它們拔掉。它的根並不是匍匐前進，只是直直的一棵，混雜在濃密的香花菜中間，接受我的灌溉，倒是聰明的生存之道。

上星期再到香花菜田摘取野草時，發覺差不多所有的莖都是紫色的，包括那種野草在內。這使真假更為難分了，有時想拔掉野草，卻扯斷了香花菜。

是不是野草突然變了顏色，以便有更好的偽裝？我想它又未必有這樣的能耐。只是它的莖也有紫、綠兩種，上次我只顧揀綠色的摘掉，這次當然只剩下紫色的了。

黃皮和井水

園裏的七棵黃皮樹今年都結實纍纍，採下來的果子大概有二百來斤，朋友們「又食又拎」，對這幾棵樹羨慕不已。

這幾棵黃皮樹確是佳種，其中六棵，果實大如小雞蛋，形狀亦如是，一串串如葡萄掛在樹上。另一種果實略小，尖端微向上翹，不成串而成撮，七八顆擠在一塊，像一朵朵的花。

朋友們即採即吃，為了乾淨，先把它們洗一洗。在炎炎的夏日照射下，水喉管子發燙，自來水熱得燙手，大家寧願打井水上來洗浸。

屋前有井一口，深數十尺，本來裝了摩打，可以抽水使用，後來摩打壞了，我懶得找人修理，要用的時候便打一桶上來。

朋友之中，也有少年時用過井水的，汲水的技術仍在，少不免表演一番。那些從不曾打過井水的，也當是新奇事物般，學習學習。

井水清涼無比，把手浸在裏面，已感涼氣傳入心脾，暑氣頓消。朋友帶來的大西瓜，冰箱放不下，便浸在井水裏，「浮瓜沉李」，正是古人消暑一法。

黃皮用冰冷的井水洗淨後，可以連皮吃，香味更濃。

朋友們一面吃一面稱讚，有的説香，有的説甜。眾口一詞説從來不曾吃過這麼好的黃皮。

黃皮這東西，核多肉少，吃的是滋味而已。朋友們一面吃一面吐核，全沒有停嘴的意思。因為黃皮不但吃不飽，還有開胃消滯之功。不像荔枝，胃口大的也不過吃兩斤也就吃不下了。裝黃皮核的字紙筒倒了一次又一次，大家的速度終於慢了下來。

朋友們臨走時説，捨不得我的黃皮，也捨不得我的井水。我説黃皮是前人種的，井是前人開的，我現在是坐享其成。

我想：我也得努力耕耘灌溉，種樹栽花，為後人留下一些美好的東西。

太陽花和紫茉莉

渴望園中經年有花，便種了兩種。

一種是太陽花，也不知這是不是它的名字，但知道太陽一出它便開花，朵朵沐着金光，十分愉悦的樣子。

它的莖有點像我兒時吃的一種名為馬齒莧的野菜，匍

匐生長，越長越多。

我在花槽裏種了兩處，一處在黃皮樹腳，因為樹高，沒有擋着日照，所以越長越茂盛，每天早上都有二三百朵同時開放，黃色的花心，配上五片紅瓣，簡單而美麗。那龍眼樹腳的一叢，因為陽光微弱，便只有一兩朵開放。

太陽花到下午便漸漸謝了，這時卻有紫茉莉接班。紫茉莉又名胭脂花，花色艷紫，像晚妝用的胭脂，花的形狀像一枝枝小喇叭。它開花的時間在每天下午四時以後，我種的一叢一開便是百餘朵，艷得耀眼。

紫茉莉花期很長，自我種下之後，花兒從沒有斷過。它們越長越高，莖兒支持不住，便彎垂下來，遮擋着旁邊的海棠。

那天我忍不住修剪一番，把彎垂至地和遮擋海棠的枝條剪下來，棄置在園中的地上，準備把它們當作垃圾棄掉。後來因為下雨，收拾不及，便由得它們堆在地上。

第三天黃昏時，我清理園子，正想把這堆剪下來的殘枝搬走，卻見上面竟有十幾朵紫茉莉花，一樣的依時開放。

這使我一陣感動，它們不理會自己的遭際如何，人們如何待它，仍是按時的開出艷麗的花兒來。

我把有花朵的枝條，一根根剪下來，聚成一叢，插在

瓶裏，讓它們陪我一個晚上。

轉向別處的臉

村居有兩家芳鄰，一家姓陳，一家姓何。陳家很是熱情，對我們多所照應。我們需要什麼用具，時常向他家借。他家園子裏長年不斷的楊桃，一籃一籃的送來。陳太醃製的子薑，送我一瓶又一瓶。何家我們卻較少來往，這因為何先生的特殊性格。

何先生樣子乾瘦，兩邊面頰凹陷，額骨高高的凸出。不過我還不曾面對面的跟他談過話。他擔水淋菜，他在蔗田裏勞作，他餵雞，時常在我村居門前經過。不過他一見我在，便會把臉轉向別處，必得我先招呼他，才勉強回應一聲。

何太卻是健談的人，她一説開頭便停不下來，連「標點符號」也沒有，就那麼一句接一句的説上老半天。從她口中我才知道何太在街市賣菜，老何卻是清道夫，做了二十多年，快將退休了。

我以為何先生是一個不願與別人交往的沉默漢子，有一天卻見他蹲在門前，與這一區倒垃圾的女人談話，臉上

滿堆着笑，與平常的樣子截然不同。

我有幾分猜到他對我冷淡的原因，大概他認為我是教書先生，知識分子，一定看他不起，他有他的骨氣：「你不招呼我，我才懶得睬你呢！」對於跟他身分平等的清潔工人，他沒有這種自尊加自卑的心理，談起來便特別投契。

不過我不急，抱定宗旨，即使他故意不用正眼瞧我，我也一樣的主動與他溝通，我有信心，總有一天他見到我不會把臉別向他方。

上星期天的早上，卻見有救護人員把他從家中抬走，同一天晚上便斷了氣。死因是腦溢血，暈倒後便沒有醒過。

我們到他家慰問何太，她一面哭一面說：「醫生說他死得沒有痛苦，是一種福氣。可是他才退休便過去了，一天清福也沒有享過。也不知他是有福還是沒福……」

我看着他牆上的遺像，正坦然地瞧我，他再不會把臉轉過去了。

重陽的燒肉

重陽節那天早上，村鄰陳先生的兒子、媳婦、女兒、女婿都回來了。不久，一支浩浩蕩蕩的掃墓隊伍從我家門

前經過。陳家的祖墳便在附近，他們可以步行前往。男子們荷着鋤頭，抬着燒豬；女人們拿着鮮花和香燭。大孩子興奮地走在前面，小孩子讓大人拖着，跟在後面。

這隊伍是什麼時候回來的，我不曾看見，或許我正在午睡吧。

後來聽見樓下有人喚我，是陳先生兒子的聲音。下去一看，原來送了一大塊燒肉過來，還有糕和點心。

分燒肉是祭祖之後子孫的福利，想不到竟惠及我這個異姓的外來人。

我心中充滿歡喜，不但是因為燒肉很香，更因為他們已接納我，把我當作他們的親人。

其實吃陳家的東西已是經常的事，他們很重視傳統的節日，除了端午、中秋等大節之外，連七姐節、觀音誕也一樣有拜祭。許多節日都有特定的食品，陳太太總不會忘記我們的一份。對過節淡漠的我們，住到鄉間來，節日的氣氛忽然濃厚起來。我心裏有一種感動，覺得這也是一種民族的凝聚力。大家一同過節，一同祭祀，一同慶祝，一同歡樂，不但一家、一族、一鄉感到相親，也有助於整個民族、整個國家的團結。

除了節日的食品，我們還經常吃他家樹上的楊桃。楊

桃四季不斷，剛從樹上摘下來的當然新鮮清甜。妻打聽該怎樣在自家園子裏也種一棵，陳先生說：「你要吃便過來採，何必自己種麻煩！」妻是恭敬不如從命，想吃便去討，一拿便是一大兜。

陳太拿手做子薑，做的時候要用新毛巾去扭，把那些辣汁擠掉，做一次扭爛半打毛巾。她把夾甜微辣的薑片裝在玻璃瓶裏拿過來，一見便口裏生涎想吃。

我們回敬的只是超級市場有賣的餅乾糖果之類，比起他家手製的有特殊風味的家鄉食品，我總覺十分寒酸。

來也匆匆，去也匆匆

每個星期都盼望回到村居，那裏的草地等着我，那裏的花木等着我，那裏的鳥鳴等着我，那裏的山色等着我。

可是每一次，我都是來也匆匆，去也匆匆。

星期一至星期五，我要在外面工作，星期六不是演講會便是座談會，還有朋友的婚宴呢，還有文友的聚會呢，有些是盛情難卻，有些是機會難逢。我也喜歡這一類的周末好節目，可是這便冷落了我的村居。

終於回到了村居，有時是起早去，有時是摸黑去，為

的是多一分鐘的逗留也是好的。

第一件要做的事便是淋水，草地乾渴着，盆桔乾渴着，葵樹乾渴着，所有的花花草草都已經渴了六天，等待每星期一次解渴的暢飲。對不起呀，朋友們，累你們受苦了。看來你們已經習慣，大家都生長得很不錯呀！

可是我還帶着重重的行囊進來，是一些要參考的書籍。好幾篇稿子要寫呢，好幾十篇徵文比賽的稿件要看呢，不止一個演講要預備呢。這樣安靜的環境，工作起來一定很集中了吧？靈感一定很充沛了吧？效率一定很高了吧？

錯了，錯了。窗外的綠樹在吸引着我，微風帶進來的花香在吸引着我，露台上的山色在吸引着我，婉轉的鳥鳴在吸引着我……即使到了夜間，滿天的星羣在吸引着我，一彎新月在吸引着我，滿階的月色在吸引着我……叫我如何能呆坐案前，對着那填不完的格子，對着那密密麻麻的文字？

二十分鐘我會躲一次懶，十五分鐘我會分一次心，結果每次我只能完成很少很少，又再帶着大堆未完的工作離去。

哪一天我能每日置身村居，學花農種花，菜農種菜，只寫很少的一點文字？

這日子大概也不遠了吧？

樂在山蔬野菜中

今年村居的春聯仍由父親執筆，因為我的毛筆字不能見人。

大門兩側的一副是：

滿園桃李春如繡

遍地芳菲花醉人

「滿園桃李」是一語雙關，既寫景，也暗喻我夫婦的職業，教了幾十年的書，學生當然比孔子還多。那最大的該有四十多歲了，最小的才十來歲，各有錦繡的前程。當此春日，為師的在此默祝他們事業有成，學業進步。

園中的花草日有增加，「遍地芳菲」還只是一個理想，有待我的耕耘。新的一年，我的筆耕生涯期待有新的突破，但願香港的文藝園地也能遍地芳菲，而其中有我栽植的花花草草。

廚房門上的一副是：

味誇春韭秋菘美

樂在山蔬野菜中

村居佐膳的確以蔬菜為主，完全不加肉類，就這樣清煮、清炒，蔬菜的美味得到最真切的品嘗。

我妻平日在市區很少下廚，因為她下班回家早過了煮飯時間。但在村居，這工作便落在她身上。她漸漸掌握了烹飪技術，求清、求淡，追求食物本有的真味，越來越合我的意。

「少年夫妻老來伴」，我妻肯伴我假日躲進村居，不逛公司，不打牌，還要拔草掘土，洗菜煮飯，為的是讓我有個伴，對此我是感激的。更欣喜的是她已漸漸喜歡了這種生活方式，不以此為苦，也不覺得是犧牲，有時還怪我外面的事務太多，不曾盡量利用村居過恬靜的日子。

「樂在山蔬野菜中」，樂的不止是蔬菜的滋味，而在山野的佳趣，心靈的契合。

我真的很喜歡這兩副春聯，貼在門上，可供我整年欣賞的了。

園裏的蝸牛

園裏的白蘭花葉子、木瓜樹葉子，常有被蟲嚙咬過的痕跡。尤其是木瓜樹，有幾棵咬得只剩下一根光桿。

盜賊是誰？原來是蝸牛。

園裏的蝸牛起碼有兩種，一種是扁圓形的小蝸牛，一種是螺般的尖頂的非洲大蝸牛。

小蝸牛數量比較多，有的躲在葉底，有的附在葉面。我細心地把牠們一顆顆找出來，抓在手掌心裏。起初牠們躲在殼裏，後來開始伸出頭來在我掌心爬，弄得我癢癢的。

這些被擒獲的小偷，該怎樣處理呢？最乾脆是丟在地上，用腳把牠們踩碎，卻似乎殘忍了些。我惟有把牠們丟進一個小膠袋裏，讓倒垃圾的大嬸把牠們帶走。

大蝸牛數量不多，卻有一枚黏附在木瓜樹桿上，就在那些花兒旁邊。怪不得近來的木瓜花還沒有開便無端失蹤，想必是做了牠的點心。

我伸手指想把牠拈走，想不到牠還黏附得相當緊。到我把牠硬扯下來時，牠猛的在我手上拉了一泡屎，黑糊糊的，害得我要去洗手，這傢伙！

除了在植物身上的蝸牛之外，廚房的一幅牆上也很多。牠們都是扁圓的那種，有大有小，像比賽般的由牆腳向上爬。使我想起了讀小學時的數學題目：

蝸牛爬牆，每天爬高三尺，掉下兩尺，牆高一丈，問在第幾天，蝸牛可以爬到牆頂？

題目看上去簡單，答案卻不是十天。原來牠第八天已經爬到牆頂了。爬到之後是在牆頂上曬太陽，還是一樣掉下兩尺，已經與題目無關，這本來是一條「古惑題」。

看着這些向上爬的蝸牛，忽得兒童詩一首：

蝸牛，蝸牛，你為什麼向上爬？

因為上面的葉子比較嫩。

蝸牛，蝸牛，你為什麼向上爬？

因為上面的風景比較好。

蝸牛，蝸牛，你為什麼向上爬？

因為爬到牆頂你便捉不到。

雨後大帽

我的村居面對大帽山，有人把它寫作「大霧山」是有理由的，因為我就嘗過在山上霧中迷途的滋味。

那霧很濃很厚，身處其中像掉進了牛奶杯子裏，休想分得清東南西北，也無法知道自己所處的位置。

「不見廬山真面目，只緣身在此山中。」山外看大帽，也並非時常看得清楚，那帽頂常常躲在雲中；即使沒有雲，也有一層煙靄，使它變得朦朧。

夜間看大帽，黑色龐大的山影中有兩處發亮，有時亮光從霧氣中透射出來，特別給人詭譎神秘之感。這是山上有人工作的地方，一處該是氣象站，另一處卻無從查考了。有時我也會想：從他們那邊也可以看到我村居的燈光否？

近日連場暴雨，伴着駭人的驚雷，有一次把附近電力公司的高壓站都打壞了，造成三個小時的停電。暴雨之中，大帽完全隱去，像是「愚公移山」中的操蛇之神忽然將它搬走了。

這樣的暴雨今天已連續了兩個小時。

可是雨終於漸漸止了，只從遠處還隱隱傳來雷聲。出露台一看，啊！一個完全清晰的大帽山呈現在眼前，就像

深度近視的人戴上了眼鏡，端的是纖毫畢現。所有的煙霞雲靄似乎都已化為雨水，留下清新蒼翠的山色。

山腰的一道瀑布也出現了，可以看到奔流而下的泉水閃着銀光。有了這道「銀河」，山變得更活，更有生氣。它並不常見，一要山清，二要水足，因此它每次出現，我都會看上半天。

雨後的大帽，一片和平，到處生機，忽然想離開村居到山上走走，讓飛瀑的水霧濺濕我的衣襟，讓轟雷似的鳴響充塞我的耳際，看翠綠的羣樹浴後的喜悅。當然，我也會找尋視野無阻的一角，回頭搜索我村居的所在。

作者補誌：

《面山居隨筆》大約是 1987 年暑假，一位同事知道我有意覓一村居過鄉村生活，但未找到合意的。他物色到一間頗愜意的，但不適合放工夜歸的太太。他認為會適合我們。在一個雨後初晴的日子，伴着花香，我們去看屋，對面對大帽山的這間村屋一見鍾情，結果我成了屋主，享受了幾年既新鮮又難忘的村居生活，也留下了一批文字，《面山居隨筆》是其中之一。

生活之美

唔知靚

生得醜而又有自知之明的女孩子，可能自卑，卻也可能成為女強人，因為她們知道必須努力在事業上奮鬥，才能出人頭地。

生得醜而又不自知的，可能活得很快樂，一樣的注意打扮，一樣的放電賣俏，於是又娛樂了別人。

生得靚而又自己知道靚的，可能就會驕傲了一點，自恃了一點。因此就不一定肯努力學習、努力工作；而由於多人寵她、縱她，脾氣就可能臭了一點。

這樣的美女，人際關係往往比較差，尤其在同性之間。

生得靚而自己不知道的，那是最可愛的女孩子了。

為什麼會不知道呢？因為像醜小鴨那樣，小時候不一定漂亮。在爸爸、媽媽、哥哥、姐姐的眼中，她可能只是一個醜小妹，甚至擁有一個帶有醜意的乳名，如「豬女」、「扁鼻妹」之類的花名。

於是她相信自己是一個很平常的女孩子，她謙虛，從

不爭着出風頭；她努力，希望學得一身好本領；她樸素，認為這樣才合自己的身分；她熱心助人，希望藉此討人歡喜。

隨着年齡的增長，在不知不覺間她長成一個美女，爸媽沒有發覺，兄姊沒有發覺，她自己沒有發覺。

可是街上的男孩子們卻驚艷了，目灼灼似賊的看她，迎面過去了還要回過頭來看她。

新認識的異性借故圍在她身邊，千方百計接近她，為她的美麗，更為她的好品性而着迷。

總有一天，她會半信半疑地對着鏡子説：「原來我並不醜樣麼？」

美麗的秘密

一個小女孩打電話來，我們隨便聊天，她説跟我談話很開心，我告訴她我也有同樣的感覺。

她忽然説：「我本來有一個秘密想告訴你，可是看到你兩篇談秘密的文章，説秘密是甕缸裏的蛇，老是想往外逃，又説秘密會帶來許多危險，我想：你是不願意知道人家心裏的秘密的，所以我不準備告訴你了。」

　　我忽然發覺，秘密也有美麗與醜惡之分，政治上的陰謀詭計，商業上的骯髒交易，小圈子裏的是是非非，屬於醜惡的秘密；一個小女孩心中的熱切期盼，一個傻小子的無望的愛戀，一個老人離開世界前的真誠的吐露，如果把你作為惟一聆聽的對象，因為在他心中你是一個可以信賴的人，難道不值得你歡喜驕傲，把這些美麗的秘密予以珍藏？

　　於是我對電話裏的小女孩說：

　　如果這個秘密是關於你自己的，不是你爸爸媽媽的秘密，不是你兄弟姊妹的秘密，不是你朋友的秘密，這些秘密不是任何別人不想第三者知道的事，在你告訴我之後，

沒有人因而受到損害，而普天下你只準備告訴我一個人，那麼我將會感謝你肯與我一同分享。

一個美麗的秘密會把共享者的兩心拉近，他們有機會在某個時刻互打眼色，會心微笑。

於是這個小女孩告訴我真正屬於她的一個美麗的秘密，使我十分感動。

如果這篇文字引起了你的好奇心，想知道她究竟說了些什麼秘密？那麼，對不起，這是一個只有兩個人知道的永恆的秘密。

好聽的

我說過，器官的樂趣我不拒絕，我學習不用錢或用很少的錢，去換取較多的樂趣。先說聽覺器官的樂趣。

我愛坐在崖邊，聽浪濤拍岸，疾徐有致，如巨人的呼吸，氣勢磅礴，令你襟懷壯闊。

我愛坐在林中，聽樹頂的濤聲，猶如有一個大海在你的頭頂，永無休止，充滿神秘。

我愛坐在樹下，聽婉轉的鳥鳴，細緻傳情，一片天籟。

我愛坐在花園中，聽身旁百蟲爭鳴，如急管繁弦，應

接不暇。

我愛夜半枕上，聽鄰家雞鳴，想像追求光明的鬥士，在黑暗中發出呼號，迎接黎明。

我愛靜坐瀑旁，聽百泉急瀉，如羣馬飛奔跳躍，一片可愛的喧嘩。

我愛夏日的蟬鳴，一種單調的堅持，唱出生命力的頑強。

我愛郊野北風的嗚咽，一切管竅縫隙同時發聲，如泣如訴，如怨如慕。

我愛簷際的風鈴，不着意處送來清音，讓你記憶起一些往事，把我的心送往遠方。

我愛寂靜廟宇中的梵音，讓我的心平和安謐，充滿喜樂。

我愛聽嬰兒牙牙學語，幼童稚氣的對話，這是世上最好的語言，因為最純最美，不摻一絲的假。

我愛聽一切聽不懂的語言，那麼多奇怪的音節，那麼多不同的語調，每一種都是天才的創造，每一種都充滿人類的情意。

我愛聽親友的聲音從電話中傳來，帶來親情、友誼、問候、祝福、鼓勵和支持。

好看的

世上最好看的是人，美女俊男都賞心悅目，一對流盼的秋波，一管精緻的鼻樑，兩片線條俊美的嘴唇，都足以令人銷魂。光看那頭髮的變化，或曲或直，或長或短，或貼服或蓬鬆，金黃黑白，就使你目不暇給。

男人臉上的鬍子，也玩出許多花樣，一字也，八字也，山羊也，絡腮也，一小撮，一大蓬，都各有可觀。

至於身上穿的，戴的，女性要比男性豐富得多，多起來接近臃腫，少起來幾如不穿，長起來須斯文而掃地，短起來要東拉而西扯，鬆起來飛雪飄絮，緊起來玲瓏浮凸，帽子可大如車輪，耳環可其長盈尺，不但使你有意想不到的驚詫，還有極豐富的娛樂性。

說到表情姿態，人類也是地球千萬生靈中最細緻最多變化的。有哪種動物會笑？會笑的貓只存在愛麗斯的夢中。人不但會笑，還笑出不同的味道：微笑、淺笑、冷笑、乾笑、苦笑、媚笑、奸笑、大笑……有哪種動物有這麼多的身體語言：愛慕也，不屑也，期待也，抗拒也，親暱也，冷漠也，無所謂也，好肉緊也，欲迎還拒也，佯嗔還喜也……都是一流的演員。

　　第二好看的是書，其實看書也是看人，所看的是人的內心世界。看散文，讀詩，是作者把他的心打開給你看；看小說，讀戲劇，是作者把許多人的心打開給你看。那細緻豐富，幻變多姿，又遠超人的外表。只不過看書要通過文字的媒介，總是二手的體驗，不及面對濟濟眾生，自己親自去看也。

好吃的

　　好吃的東西多極了。

　　剛出爐的麵包好吃，又熱、又香、又軟。

　　剛炸好的油條好吃，又香、又酥、又脆。

　　夠火候的粥好吃，米和作料都化了，變成粥糜，夠黏夠稠。

　　新上市的蔬菜好吃，久違了的滋味，如故人重逢。

　　煨番薯好吃，又香又糯，流着糖膠。冷天拿在手上手暖，吃進肚裏全身都暖。

　　炒栗子好吃，一咬開來，香氣熱氣直噴，吃五六顆便可頂飢。

　　臭豆腐好吃，要新鮮炸起來的拌着甜醬、辣醬吃，一

種形容不出的好味道。

豆腐花好吃，冷的熱的都好，冰清玉潔的樣子，又香又滑直往喉嚨裏鑽。

糭子好吃，糭葉的香加上糯米的香，少許的鹹肉，肥的部分酥溶了，瘦的還在，可供咀嚼。

月餅好吃，極濃的甜膩，淺嘗而配以香茶，一年一度，理應一試。

花生好吃，鹹乾鹹脆，各有風味，自己挑新鮮花生焓熟來吃，最能嘗到它的本味。

至於水果，幾乎沒有一樣不好吃。不同的味感、質感，不同的顏色形狀，帶來不同的風味、享受。水果最好吃在剛熟，未熟香味未出，有時還帶酸帶澀，過熟則接近腐爛，味道開始變。

媽媽煮的菜好吃，不但因為她是老手，也因為她知道你喜歡吃什麼。能吃的東西都好吃，好吃的東西更好吃，那是在你飢餓的時候。因此每一頓不要吃得太飽，下一頓不要吃得太早。

好穿的

好穿的衣物都被女人穿去了。

最舒服的，最涼快的，最豪華的，最性感的，最古典的，最現代的，最怪誕的，最暖和的，最有型的，最戲劇性的⋯⋯都在女人身上。她們不論怎樣穿、穿什麼，人們都可以接受。男人就不行：穿得少是不莊重，穿得花巧是「姿整」，穿得鮮艷是俗氣，穿得浪漫是娘娘腔。男人只可以恤衫、領帶、西裝，十年如一日。那條領帶繫在咽喉上，如果不習慣，其感覺是「周身唔聚財」。那件西裝夏天焗得你汗流浹背，冬天可以冷得你患肺炎。T恤、牛仔褲已經是男人最舒服的衣裳。T恤還不怎麼樣，牛仔褲之厚、之焗、之束縛，都要穿慣了才能適應。

不是人人有條件像鄧肇堅爵士那麼穿長衫，那一排鈕子扣起來就麻煩，要上落巴士，前後幅還得提防被自己或別人踩着。短棉衲是相當輕軟，可是香港合穿的日子並不多，加上難洗，穿的時候要比較小心，就不那麼適意。而如果髒了不洗，袖肘的部分油膩發亮，誰看了都不舒服。

裙子是一種很舒服的服裝，長短隨意，穿脫方便，最好的是下面通氣。以身體構造來說，男性比女性更需要這

樣的空氣流通。男人穿裙，不必大驚小怪。古代軍人穿着戰裙，蘇格蘭裙穿在男人身上並不礙眼，南洋一帶男人穿的沙龍也可算是裙。有一天香港流行起來，阿濃一定響應。

最嚮往一種無領、無袖、無鈕扣的闊大及膝長袍，如果不是怕招來怪異的目光，早已叫老妻為我做幾件穿穿了。

「從前有一隻小雞……」

十多年前，在電視上看到一個很小很小的女孩，在一個什麼兒童大賽的節目中說故事。她不是什麼美麗的公主型，卻生得很趣致。

她用很標準的普通話講一個「小雞、小鴨」的故事，語氣和動作都可愛極了。

她獲得了冠軍。

我在電視機前面鼓掌，雖然她聽不見。

十多年後我收了一個徒弟叫安路，她的寫作天分使我很樂意做她的師傅。在幾乎沒有作任何修改的情況下，她的兩篇小說在一本少年雜誌上發表了。

她師傅師傅的叫得很親熱，還久不久的跟我煲電話粥。

她請我看她的芭蕾舞演出。她是王仁曼女士的高足，

王女士是她敬重的師傅，不過安路對我有更多的親熱，因為我對她的要求不像王老師般嚴格。

她才讀中四，忽然說想申請交換學生計劃到美國讀書，不久便批准了。

很快她便要起程，臨別有無限的依依，五天的書展她都到展場我的攤位來，跟我的孩子們玩得很熟。

偶然地談起，她說四歲時參加過一次兒童比賽節目，她得了冠軍，有吃不完的糖果，還有一張數目很大的玩具禮券。她講的故事是母親作的，她還記得是用普通話講的：「從前有一隻小雞，一隻小鴨……」

附錄：阿濃主要的兒童文學原創作品

出版時間	作品名稱	出版社
1980	點心集	田田出版社
1981	點心二集	田田出版社
1983	濃情集	山邊社
1984	青果一集、二集	天地圖書有限公司
1985	點心三集	山邊社
1986	青春道上	華漢文化事業公司
1988	聽，這蟬鳴！	山邊社
1991	波比的詭計	獲益出版事業有限公司
1991	漢堡包和叉燒包	新雅文化事業有限公司
1991	摘星園	新雅文化事業有限公司
1991	我家的故事	新雅文化事業有限公司
1992	因臭得福	獲益出版事業有限公司
1993	一百個看不慣	突破出版社
1993	阿濃說故事 100	大家出版社
1993	老師跌眼鏡	獲益出版事業有限公司
1994	一百個看不厭	獲益出版事業有限公司
1994	阿濃小小說	大家出版社
1996	本班最後一個乖仔	突破出版社

1997	老井新泉	突破出版社
1998	童眼看世界	突破出版社
1998	說不完的故事	華東師範大學出版社
1999	不一樣的故事	突破出版社
1999	癡心留一角	獲益出版事業有限公司
2000	新愛的教育	突破出版社
2002	是我心上的溫柔	突破出版社
2004	少女日記	突破出版社
2004	好說好說	和平圖書出版社
2004	別罵我膽子小	中國福利會出版社
2005	細說心語	突破出版社
2006	生活一瞬間	突破出版社
2007	去中國人的幻想世界玩一趟	突破出版社
2008	快樂紅簿仔	突破出版社
2010	濃貓	青桐出版社
2017	濃情集	山邊出版有限公司
2017	阿濃兒童文學作品精選集	山邊出版有限公司
2018	要你給 Like 的故事	山邊出版有限公司
2018	一個寂寞的晚上	新雅文化事業有限公司
2020	阿濃的有情世界	山邊出版有限公司

獲獎作品：

- 《點心集》：榮獲 1994 年「心愛的書」選舉十本之一。

- 《點心二集》：榮獲第一屆「中學生好書龍虎榜」十本好書之一。

- 《青果一集》、《青果二集》：榮獲第四屆「中學生好書龍虎榜」十本好書之一。

- 《漢堡包和叉燒包》：榮獲 1990 年「八十年代最佳兒童故事」十本之一。

- 《阿濃說故事 100》：榮獲第三屆香港中文文學雙年獎、第五屆「中學生好書龍虎榜」十本好書之一。

- 《阿濃說故事 100》之《樹下老人》：榮獲 1994 年陳伯吹園丁獎。

- 《阿濃小小說》：榮獲 1995 年「心愛的書」選舉十本之一、第六屆「中學生好書龍虎榜」十本好書之一。

- 《一百個看不厭》：榮獲第七屆「中學生好書龍虎榜」十本好書之一。

- 《本班最後一個乖仔》：榮獲第九屆「中學生好書龍虎榜」十本好書之一。

- 《快樂有巢氏》：榮獲第九屆「中學生好書龍虎榜」十本好書之一。

- 《老井新泉》：榮獲第十屆「中學生好書龍虎榜」十本好書之一。

- 《童眼看世界》：榮獲第十一屆「中學生好書龍虎榜」十本好書之一。

- 《癡心留一角》：榮獲第十二屆「中學生好書龍虎榜」十本好書之一。
- 《新愛的教育》：榮獲第十三屆「中學生好書龍虎榜」十本好書之一。
- 《是我心上的溫柔》：榮獲 2004 冰心兒童文學獎。
- 《少女日記》：獲選 2004 香港教育城「十本好讀」、2004 香港教育城「我最喜愛讀物」。
- 《好說好說》：榮獲第十四屆「中學生好書龍虎榜」十本好書之一。
- 《細說心語》：榮獲第十八屆「中學生好書龍虎榜」十本好書之一。
- 《生活一瞬間》：榮獲第十九屆「中學生好書龍虎榜」十本好書之一。
- 《去中國人的幻想世界玩一趟》：榮獲 2009 香港中文文學雙年獎的推薦獎。
- 《快樂紅簿仔》：榮獲第二十屆「中學生好書龍虎榜」十本好書之一。
- 《阿濃兒童文學作品精選集》：獲選 2017 香港教育城「十本好讀」。
- 《一個寂寞的晚上》：榮獲第六屆「上海好童書」獎。
- 《阿濃的有情世界》：榮獲第三屆香港出版雙年獎兒童及青少年組別出版獎，獲選 2020 香港教育城「十本好讀」。